FOLIO BILINGUE

Lewis Carroll

# Les Aventures d'Alice au pays des merveilles

# Alice's Adventures in Wonderland

Traduit de l'anglais par Jacques Papy

Notes de Jean Gattégno et illustrations de John Tenniel

Préface inédite de Philippe Forest

Gallimard

1832. *27 janvier* : naissance de Charles Lutwidge Dodgson, troisième enfant de Charles Dodgson et de sa cousine germaine Frances Jane Lutwidge, domiciliés à Daresbury, commune proche de Manchester, dans le comté du Cheshire. M. Dodgson est desservant (anglican) de la paroisse. Sept autres enfants naîtront dans la famille Dodgson. Charles sera instruit par son père, d'abord à Daresbury, puis, à partir de 1843, à Croft, dans le comté du Yorkshire, lorsque M. Dodgson est placé à la tête de cette paroisse.

1844. Charles est inscrit à l'école de Richmond, située à 15 kilomètres de Croft, pour s'y préparer à l'entrée dans une *public-school*. Il y passe un an et demi. C'est un excellent élève, et les mathématiques sont un de ses points forts.

1845. Un texte de lui paraît dans le magazine de l'école de Richmond ; il n'a pas été conservé. Il fonde la même année, mais au presbytère de Croft où toute la famille se retrouve à l'occasion des vacances scolaires, un « magazine familial » qu'il intitule *Useful and Instructive Poetry*.

1846. *Février* : Charles entre à Rugby, l'une des plus célèbres *public-schools* anglaises. Il y passera trois ans, s'y révélera excellent en langues et littératures classiques, mathématiques et religion. En revanche, il ne s'adapte pas à l'esprit de la *public-school*, n'ayant aucun goût pour les activités physiques, et détestant l'atmosphère de l'internat. (Il écrira plus tard : « Aucune considération au

monde ne pourrait me persuader de vivre à nouveau ces trois années. »)

1849-1850. Charles passe plus d'un an à Croft, pour préparer l'entrée à Oxford. Le *23 mai 1850*, il s'inscrit au collège de Christ Church.

1851. *24 janvier* : Charles s'installe à Christ Church. Quelques jours plus tard, sa mère meurt.

1852. Après avoir obtenu une bourse, il réussit brillamment ses premiers examens, en mathématiques et en études classiques. Sur quoi il est nommé *student* et intégré dans les cadres permanents du Collège.

1854. *Décembre* : Charles devient *bachelor of arts* (c'est-à-dire licencié), après l'équivalent d'une mention Très Bien en mathématiques. Durant ces années d'études, il a continué à écrire, à Croft, toute une série de textes, réunis par lui en plusieurs recueils (à usage familial), et a donné deux articles à un périodique local, *The Whitby Gazette*.

1855. Il commence son enseignement de mathématiques (il s'agit de travaux dirigés), et devient bibliothécaire-adjoint du Collège. En *avril*, après avoir été promu *lecturer* (maître de conférences), il commence ses cours. En *juin*, le doyen de Christ Church meurt. Un grand helléniste, Henry George Liddell, est élu pour lui succéder. Liddell a quatre enfants, un garçon (Harry) et trois filles : Alice (qui a trois ans), Lorina et Edith. En *juillet*, Charles devient collaborateur d'un hebdomadaire londonien, *The Comic Times*, auquel il donnera cinq textes. C'est à la même période qu'un de ses oncles lui fait découvrir la photographie.

1856. *The Comic Times* cesse de paraître, et son directeur le remplace par un mensuel, *The Train*. En *février*, Charles est invité à y collaborer et, pour ce faire, à choisir un pseudonyme : des quatre propositions faites par Charles, le directeur retient « Lewis Carroll ». Charles fait la connaissance de la petite Alice Liddell, et commence à photographier les enfants Liddell.

1858. Il écrit un premier ouvrage mathématique, signé « Dodgson », dans lequel il s'efforce de « traiter » Euclide par l'algèbre.

1858-1862. Ces années sont mal connues : le Journal que

Charles avait commencé en *1851*, et qui a été conservé à partir de *1855*, manque pour les années *1858* à *1862*. Charles parcourt les îles Britanniques, rend visite au poète Tennyson, écrit des poèmes et des textes mathématiques ainsi que les règles d'un jeu de société, et fréquente assidûment les petites Liddell.

1861. *22 décembre* : il est ordonné diacre, et décide de ne pas devenir prêtre.

1862. *4 juillet* : Charles part en excursion sur l'Isis (un affluent de la Tamise qui traverse Oxford) avec un de ses collègues et les trois petites Liddell. Il leur raconte pour la première fois l'histoire qui deviendra *Les Aventures d'Alice au pays des merveilles.* À la demande d'Alice Liddell, Charles en rédige une version manuscrite, qui ne sera achevée, texte et illustrations, et offerte à Alice Liddell, qu'en *novembre 1864* ; elle est intitulée *Les Aventures d'Alice sous terre.*

1865. *Novembre* : *Les Aventures d'Alice au pays des merveilles* — version très enrichie du texte précédent — sont publiées par les éditions Macmillan. L'auteur signe « Lewis Carroll ».

1866. Charles publie des textes mathématiques, et commence une série de pamphlets s'attaquant à la politique menée par la direction de Christ Church — donc par le père d'Alice Liddell — et de l'Université.

1867. *Durant l'été,* Charles effectue un voyage en Russie avec un de ses amis. À partir de *novembre,* il publie dans un périodique pour enfants « La Vengeance de Bruno », noyau de ce qui deviendra *Sylvie et Bruno.*

1868. *Juin* : mort de M. Dodgson. Charles installe ses sœurs — dont deux seulement se sont mariées — non loin de Londres, à Guildford (Surrey). La même année il change d'appartement à l'intérieur de son Collège, et s'installe dans une vaste « suite » qu'il ne quittera qu'à sa mort.

1869. Publication de son premier recueil de poèmes, *Phantasmagoria.*

1871. *Janvier* : il achève *De l'autre côté du miroir,* qui paraît *à la veille de Noël.*

1874. Il réunit en volume et publie anonymement ses pamphlets anti-Liddell, sous le titre de *Notes d'un enfant*

*d'Oxford.* Plusieurs textes mathématiques, toujours signés « Charles L. Dodgson », sont publiés.

1876. Parution de *La Chasse au Snark.* C'est l'année où Charles commence à se passionner pour la logique.

1877. Il s'installe durant l'été dans la station balnéaire d'Eastbourne ; il y retournera chaque été jusqu'à sa mort.

1880-1881. Il interrompt brutalement la photographie et renonce à l'enseignement à l'intérieur de Christ Church, mais commence à enseigner la logique dans un collège de jeunes filles.

1882. *Décembre* : il est élu par ses collègues de Christ Church gérant du club du Collège — « *Curator of the Common Room* » —, responsabilité qu'il conservera durant neuf ans. Il fait paraître son dernier grand ouvrage de mathématiques, *Euclide, livres I et II.* Comme tous les ouvrages du même genre, il est signé « C. L. Dodgson ».

1883. Publication d'un volume de poèmes, *Rhyme ? and Reason ?*, signé « Lewis Carroll », dont la plupart sont des œuvres de jeunesse.

1884. Il publie à titre privé une analyse humoristique de son expérience à la tête de la *Common Room.* Il s'intéresse activement au débat politique sur la représentation proportionnelle.

1885. *Décembre* : publication d'*Un conte embrouillé,* qui avait paru en feuilleton entre 1880 et 1884.

1886. Publication du fac-similé des *Aventures d'Alice sous terre,* et présentation à la scène d'une adaptation chantée d'*Alice au pays des merveilles.*

1887. Publication, sous la signature de « Lewis Carroll », du *Jeu de la logique.*

1888. Publication d'un dernier texte sur Euclide, signé « Dodgson ».

1889. Publication d'une version des aventures d'Alice intitulée *Alice racontée aux tout-petits,* ainsi que du premier volume de *Sylvie et Bruno,* dédié à la dernière en date de ses petites amies, Isa Bowman.

1890. Publication de *Huit ou neuf mots de bon sens sur l'art d'écrire des lettres.*

1891. Le doyen Liddell quitte Christ Church. Charles reçoit la visite d'Alice Liddell, devenue Mrs Hargreaves.

1892. Charles démissionne de ses fonctions de « Curator », et publie un texte de cinquante pages qui leur est consacré.

1893. Publication de *Sylvie et Bruno (suite et fin)*, dédié à Enid Stevens, fillette dont il a fait connaissance en 1891.

1894. L'année entière est consacrée à la logique, et Carroll rédige le paradoxe « Ce que se dirent Achille et la Tortue ».

1896. Publication de la première partie de *La Logique symbolique.*

1897. Charles signe, *à la fin de l'année*, le bon à tirer d'un recueil de poèmes, *Three Sunsets*, qui avaient tous été déjà publiés. Ils ne paraîtront qu'après sa mort. Cette année-là, il multiplie les sermons — en réalité des récits édifiants de son cru — à l'adresse d'enfants, et ne cesse d'inventer de nouveaux problèmes mathématiques.

1898. *5 janvier* : un mauvais rhume, vite transformé en bronchite, le cloue au lit. La bronchite s'aggrave et il meurt paisiblement à Guildford le *14 janvier.*

# PRÉFACE

## *« Leur premier maître d'école buissonnière »*

Il est rare qu'un pur personnage de fiction né de l'imagination d'un auteur moderne prenne place au panthéon des créatures légendaires, plutôt peuplé par des figures aussi anciennes, aussi universelles que l'humanité elle-même et dont plus personne, en conséquence, ne se soucie trop de savoir d'où elles viennent, de quand elles datent et de quel hypothétique cerveau elles sont un jour sorties. L'Alice de Lewis Carroll fait exception à la règle : l'on n'ignore rien des circonstances qui ont présidé à sa naissance et pourtant, tout en appartenant bel et bien à l'époque (l'ère victorienne) et au milieu (la bonne société anglaise) où elle vit le jour, la petite héroïne semble exister depuis la nuit des temps et appartenir ainsi à ce même *Pays du Grand Jamais*, le *Neverland*, dont parlera un peu plus tard un autre écrivain que ses livres, dit-on, destinent également aux enfants, James Barrie, l'auteur de *Peter Pan.*

Avec *Alice au pays des merveilles*, Carroll, sans l'avoir prévu ni même l'avoir voulu, crée un

mythe. Disons plutôt que, avec la petite héroïne dont il conçoit la fable, une certaine mythologie de l'enfance — que, naturellement, il ne fabrique pas de toutes pièces et dont on peut retrouver la trace avant lui — entre en littérature, fixant la façon dont nous considérons ce « pays perdu » du passé, propre à tous les petits garçons et à toutes les petites filles, dont un autre romancier encore, il s'agit cette fois de Saint-Exupéry, l'auteur du *Petit Prince*, nous expliquera, dans son *Pilote de guerre*, qu'il constitue, au fond, notre première et notre unique patrie.

Tout commence très exactement le 4 juillet 1862. À Oxford, par une belle après-midi d'été, Charles L. Dodgson, jeune professeur de mathématiques, emmène pour une promenade en barque sur les flots de l'Isis, selon le nom de déesse égyptienne que porte là-bas la Tamise, les trois filles de son collègue, le doyen Liddell. Afin de les distraire, il invente les aventures d'une petite fille à laquelle il donne le prénom de l'une des trois enfants, qui va réclamer du conteur qu'il retranscrive le récit qu'il a ainsi improvisé pour elle et ses deux sœurs au fil de l'eau.

Dodgson s'exécute. Il fait cadeau à la petite Alice du manuscrit, illustré de sa main, d'*Alice's Adventures Under Ground.* Il remanie le récit et, sous le pseudonyme de Lewis Carroll, fait paraître en 1865 *Alice's Adventures in Wonderland* dans la version que nous lisons aujourd'hui, accompagnée des dessins de John Tenniel. Le succès est immédiat en Angleterre et, très vite, dans les autres

pays où l'ouvrage est traduit. Une suite paraît en 1871 : *Through the Looking-Glass, and What Alice Found There.* Autant dire que le livre est depuis longtemps devenu un classique lorsque, en 1951, le dessin animé qu'en tire Walt Disney lui confère sa formidable et durable notoriété planétaire.

On écrit toujours pour quelqu'un — même si l'on ne sait pas toujours pour qui l'on écrit. Lewis Carroll, lui, n'ignore pas à qui est destiné son livre. Comment le jeune Dodgson aurait-il pu ne pas offrir à la petite Alice l'histoire qu'elle lui demandait et qu'il avait inventée pour elle ? Éternel enfant, il cherche auprès des fillettes qu'il fréquente les partenaires de jeu que son incapacité à entrer dans l'âge adulte lui interdit de trouver parmi les femmes, dont le goût, visiblement, lui manque. Tout au long de sa vie, il nouera avec des « amies-enfants » des affections qui seront ses seules et successives histoires d'amour et dont le caractère purement platonique n'exclut aucunement l'évidente dimension érotique. Comme tous les autres, romanciers ou poètes, et quels que soient les livres qu'ils signent, Lewis Carroll écrit pour séduire. Le conte dont il fait le don à l'enfant qu'il aime est un piège auquel il se propose de la prendre. Lewis Carroll expose et déguise, sous les apparences inoffensives d'un innocent conte pour les petits, son propre désir impossible qu'il sublime faute de le satisfaire.

L'extraordinaire étrangeté d'*Alice au pays des merveilles* frappe d'autant plus le lecteur qu'elle fleurit au sein d'une forme qui lui est familière

depuis l'enfance : celle des *fairy tales.* Tous les commentateurs l'ont expliqué, et on ne fait ici qu'en suivre les leçons : le livre relève d'un genre, le conte, dont il reprend la visée et la structure initiatiques. Du moins, on peut, on doit d'abord le comprendre ainsi. Il relate classiquement la manière dont le héros — ou ici : l'héroïne — accède à l'existence nouvelle qui l'appelle, ayant conquis de haute lutte l'identité dont il était encore dépourvu. Le conte se termine lorsque Alice triomphe de la Reine de Cœur et retrouve enfin, au sein de notre monde, sa place parmi les siens, prête à devenir à son tour, comme le veut la vie, « la vraie femme » qui saura cependant toujours conserver en elle « le cœur simple et aimant qu'elle avait, étant enfant ».

Ainsi que l'exige la loi du genre, il lui aura fallu pour cela triompher de toute une série d'épreuves : survivre à une chute vertigineuse, échapper à la noyade parmi les larmes qu'elle aura répandues, tenir tête à des créatures cruelles qui en veulent visiblement à sa vie, s'acquitter de toutes sortes de tâches dont le caractère grotesque n'ôte rien à la gravité, répondre aux inquiétantes énigmes que lui soumettent des sphinx aux allures inattendues et, en somme, trouver le chemin de son salut dans un univers qui n'a rien à envier à la forêt obscure ou au périlleux labyrinthe où ont erré avant elle les plus prestigieux personnages de la littérature universelle.

Il faut à Alice devenir elle-même. Et la chose est moins aisée qu'il n'y peut paraître quand tout

vient réduire à néant l'idée que, d'abord, l'on se faisait de soi. La petite fille ne cesse de changer de forme et de taille au prix de continuelles métamorphoses jusqu'à ce qu'elle acquière enfin la stature lui permettant de dominer toutes les créatures qui l'entourent. On n'arrête pas de la prendre pour une autre : un lapin blanc la traite comme sa servante, un oiseau veut la convaincre que son goût pour les œufs fait d'elle un serpent. À force de se transformer ainsi, elle en vient à douter d'être encore identique à elle-même et redoute de disparaître, semblable à « la flamme d'une bougie après qu'on l'a soufflée ». Il y aurait de quoi devenir fou — si, comme le remarque le Chat du Cheshire, on ne l'était déjà.

Le récit convoque, à mesure qu'il se développe, toute une culture enfantine. Elle est principalement tirée du fonds universel et immémorial des contes de fées, devenant la matière même de l'histoire proposée à un lecteur plongé de la sorte dans un monde merveilleux, à la faune et à la flore extravagantes, où les animaux parlent, où toutes sortes d'objets enchantés vous tombent sous la main et sur lequel règnent d'étranges têtes couronnées. Mais l'*Alice* de Lewis Carroll emprunte également à un imaginaire plus spécifique, propre aux enfants de l'Angleterre victorienne et dont nous ne possédons pas forcément les clefs, si bien qu'augmente encore l'impression insolite que leur évocation produit sur nous. Les personnages que croise Alice — la Reine de Cœur, le Chat du Cheshire, le Chapelier, le Lièvre

de Mars… — viennent des comptines dont on l'a bercée ou bien d'expressions propres à la langue anglaise, à ses proverbes auxquels la naïveté de la petite fille qui ne les comprend pas confère une bizarre réalité littérale. Ils sortent tout droit de l'univers délicieusement déformé au sein duquel grandissaient les enfants d'autrefois, la nursery et la petite école que décrit une tortue mélancolique et dont la puérile Alice, en bonne élève soucieuse de satisfaire ses nouveaux maîtres, essaye piteusement de réciter les poésies qu'on lui a apprises.

Le conte (mais après lui, avec lui, toute littérature) suppose l'adhésion délibérée du lecteur à un monde inventé. Mais en lui (comme en toute littérature authentique), un jeu plus complexe se joue qui en appelle également à une prise de distance à l'égard des fictions dans lesquelles le lecteur place pourtant sa foi. Le charme inouï d'*Alice au pays des merveilles* opère d'une pareille façon. Certes, il s'agit d'un conte, mais la forme qu'il emprunte y devient en même temps l'objet d'un traitement qui en retourne les codes, ironisant gentiment sur le genre dans lequel il s'inscrit. D'où cette ambivalence qui fait d'*Alice au pays des merveilles* un conte et le contraire d'un conte, mettant en cause la tradition littéraire à laquelle ce livre appartient et qu'il renouvelle du même coup.

Alice — et cela fait toute la différence — sait qu'elle est une héroïne de conte de fées. On lui a raconté des histoires semblables en tout point à celle dont elle est devenue le personnage principal. Ce qui, sans lui être toujours d'un grand

secours, la préserve d'y croire tout à fait et de se retrouver totalement à la merci des créatures qui peuplent le monde où elle est tombée. Elle ne cesse ainsi d'exercer son esprit critique sur l'aventure qu'elle est en train de vivre, en dénonçant l'absurdité, en soulignant l'insignifiance, s'élevant contre la prétention de tous ceux qui se croiraient en mesure d'en tirer une morale — qu'il s'agisse des pontifiants protagonistes qu'elle rencontre ou des interprètes qui, comme je le fais à mon tour, avec et après tant d'autres, s'imaginent éclairer la portée de ses péripéties.

Le *nonsense* constitue un genre typiquement anglais, dit-on. Il consiste à produire des énoncés apparemment sensés et dont l'absurdité radicale produit un irrésistible effet comique. Mais une telle manière de dire le monde n'est la propriété exclusive d'aucun peuple, d'aucune époque, d'aucun individu car, des fatrasies médiévales au moderne théâtre de l'absurde, en passant par le koan zen ou le cinéma burlesque, elle renvoie à une expérience universelle : le rire (« propre de l'homme ») pensé comme extase devant l'irréductible absence de signification de la vie et comme révélation de sa vérité vide.

Une telle logique règne sur l'univers d'Alice. « Ici tout le monde est fou », mais d'une folie systématique qui se donne les apparences mêmes de la raison et relève, en réalité, du rêve. Sa loi secrète commande aux formes de l'univers, libérant l'expression des angoisses les mieux enfouies, des désirs les moins avoués, dans un récit sans

queue ni tête dont l'invraisemblance même protège qui s'y abandonne de la vérité au nom de laquelle ce récit porte pourtant témoignage.

À cette condition, le conte se fait roman et le roman devient le lieu même où s'affirme le mythe triomphant de l'enfance — telle, du moins, que l'imaginent les adultes dont la nostalgie pour ce « paradis perdu », duquel ils ont le sentiment d'avoir été injustement exclus, nourrit une rêverie qui, au fond, n'appartient qu'à eux et ne concerne que très secondairement les petits garçons ou les petites filles dont ils font les figures dociles et complaisantes de leurs propres fantasmes. L'enfant s'y soustrait aux lois raisonnables de l'âge adulte, capable d'exercer ainsi sur le monde où vivent les grandes personnes un regard critique, porteur d'un potentiel souverain de contestation, d'émancipation, de subversion.

La leçon — s'il y en a une — rejoint celle qu'énonce la plus haute littérature, tant le *nonsense* dont se prévaut le conte ressemble à cette « suspension du jugement moral » dont Milan Kundera nous explique qu'elle est, depuis Rabelais et Cervantès, Sterne ou Diderot, le dernier mot du roman, son unique et salutaire philosophie. La « sagesse de l'incertitude » est alors la seule certitude sur laquelle nous puissions compter tant la vie — et les récits qui la disent — ressemble à un formidable carnaval, hilarant et grave, où s'exprime « la relativité essentielle des choses humaines ».

En 1940 (année particulièrement sinistre), André Breton signe son *Anthologie de l'humour noir.*

Il place son propos sous l'égide de Baudelaire, d'Hegel ou de Freud. Mais la meilleure définition qui soit de l'humour, Breton l'emprunte à Jacques Vaché. Il est, écrit ce dernier, le « sens de l'inutilité théâtrale (et sans joie) de tout ». Il n'est pas certain qu'une telle phrase vaille tout à fait ni pour Lewis Carroll, dont l'incontestable mélancolie qui imprègne toute son œuvre n'exclut nullement la joie qu'elle exprime aussi, ni pour les livres qu'il a laissés et qui, par la leçon de liberté qu'ils proposent à leurs lecteurs, ne relèvent aucunement d'une forme ou d'une autre de résignation nihiliste. Mais, dans le panorama qu'il propose, André Breton place Carroll aux côtés de Swift et de Sade, de Gide et de Kafka. « La complaisance envers l'absurde, note-t-il, rouvre à l'homme le royaume mystérieux qu'habitent les enfants. » Il serait sans doute abusif, continue-t-il, d'accorder à son œuvre une intention explicitement et étroitement politique. L'enjeu est d'une autre nature, car « il y va de la résistance foncière que l'enfant opposera toujours à ceux qui tendent à le modeler, par suite à le réduire, en limitant plus ou moins arbitrairement son magnifique champ d'expérience ». Et Breton conclut : « Tous ceux qui gardent le sens de la révolte reconnaîtront en Lewis Carroll leur premier maître d'école buissonnière. » À une telle formule, extraordinaire de justesse dans son ambiguïté même, on voit mal ce que, pour conclure, on pourrait ajouter.

PHILIPPE FOREST

# Les Aventures d'Alice au pays des merveilles

# Alice's Adventures in Wonderland

*All in the golden afternoon*
*Full leisurely we glide;*
*For both our oars, with little skill,*
*By little arms are plied,*
*While little hands make vain pretence*
*Our wanderings to guide.*

*Ah, cruel Three! In such an hour,*
*Beneath such dreamy weather,*
*To beg a tale of breath too weak*
*To stir the tiniest feather!*
*Yet what can one poor voice avail*
*Against three tongues together?*

*Imperious Prima flashes forth*
*Her edict 'to begin it'—*
*In gentler tone Secunda hopes*
*'There will be nonsense in it!'—*
*While Tertia interrupts the tale*
*Not* more *than once a minute.*

*Dans cette après-midi dorée,*
*Sur l'eau nous glissons à loisir ;*
*De petits bras tiennent les rames*
*Qu'ils ont bien du mal à saisir,*
*De faibles mains en vain prétendent*
*Nous guider selon leur désir.*

*Las ! Les Trois Sœurs impitoyables,*
*Sans souci du brûlant soleil,*
*De moi exigent une histoire,*
*Alors que j'incline au sommeil !*
*Se pourrait-il que je résiste*
*À ces trois visages vermeils ?*

*Prima, impérieuse, me somme*
*De « commencer sans plus tarder ».*
*Secunda, plus gentille, espère*
*« Beaucoup, beaucoup d'absurdités »*
*Et Tertia interrompt le conte*
*À chaque instant, pour questionner.*

*Anon, to sudden silence won,*
*In fancy they pursue*
*The dream-child moving through a land*
*Of wonders wild and new,*
*In friendly chat with bird or beast—*
*And half believe it true.*

*And ever, as the story drained*
*The wells of fancy dry,*
*And faintly strove that weary one*
*To put the subject by,*
*"The rest next time—" "It* is *next time!"*
*The happy voices cry.*

*Thus grew the tale of Wonderland:*
*Thus slowly, one by one,*
*Its quaint events were hammered out—*
*And now the tale is done,*
*And home we steer, a merry crew,*
*Beneath the setting sun.*

*Alice! a childish story take,*
*And with a gentle hand*
*Lay it where Childhood's dreams are twined*
*In Memory's mystic band,*
*Like pilgrim's withered wreath of flowers*
*Plucked in a far-off land.*

*Bientôt, réduites au silence,*
*Toutes trois suivent, en rêvant,*
*L'enfant au Pays des Merveilles*
*Où tout est si extravagant,*
*Où l'on bavarde avec les bêtes…*
*Elles y croient, assurément…*

*Et chaque fois que cette histoire*
*Laissait le narrateur sans voix,*
*Et qu'il essayait de leur dire :*
*« La suite à la prochaine fois »,*
*« La prochaine fois, nous y sommes ! »*
*S'écriaient-elles toutes trois.*

*Ainsi l'histoire merveilleuse*
*Fut créée petit à petit…*
*Tous ses événements bizarres*
*Ont pris forme et sont bien finis ;*
*Tandis que le soleil se couche,*
*Nous voguons vers notre logis.*

*Prends cette histoire, chère Alice !*
*Place-la, de ta douce main,*
*Là où les rêves de l'Enfance*
*Reposent, lorsqu'ils ont pris fin,*
*Comme des guirlandes fanées*
*Cueillies en un pays lointain.*

## CHAPTER I

### *Down the rabbit-hole*

Alice was beginning to get very tired of sitting by her sister on the bank, and of having nothing to do: once or twice she had peeped into the book her sister was reading, but it had no pictures or conversations in it, "and what is the use of a book," thought Alice, "without pictures or conversations?"

So she was considering in her own mind, (as well as she could, for the hot day made her feel very sleepy and stupid,) whether the pleasure of making a daisy-chain would be worth the trouble of getting up and picking the daisies, when suddenly a white rabbit with pink eyes ran close by her.

There was nothing so *very* remarkable in that; nor did Alice think it so *very* much out of the way to hear the Rabbit say to itself, "Oh dear! Oh dear! I shall be too late!" (when she thought it over afterwards, it occurred to her that she ought to have wondered at this, but at the time it all seemed quite natural);

# CHAPITRE I

## *Dans le terrier du lapin*

Alice commençait à se sentir très lasse de rester assise à côté de sa sœur, sur le talus, et de n'avoir rien à faire : une fois ou deux, elle avait jeté un coup d'œil sur le livre que sa sœur lisait, mais il ne contenait ni images ni conversations, « et, se disait Alice, à quoi peut bien servir un livre où il n'y a ni images ni conversations ? »

Elle se demandait (dans la mesure où elle était capable de réfléchir, car elle se sentait tout endormie et toute stupide à cause de la chaleur) si le plaisir de tresser une guirlande de pâquerettes vaudrait la peine de se lever et d'aller cueillir les pâquerettes, lorsque, brusquement, un lapin blanc aux yeux roses passa en courant tout près d'elle.

Ceci n'avait rien de particulièrement remarquable ; et Alice ne trouva pas non plus tellement bizarre d'entendre le Lapin se dire à mi-voix : « Oh, mon Dieu ! Oh, mon Dieu ! Je vais être en retard ! » (Lorsqu'elle y réfléchit par la suite, il lui vint à l'esprit qu'elle aurait dû s'en étonner, mais, sur le moment, cela lui sembla tout naturel.)

but when the Rabbit actually *took a watch out of its waistcoat-pocket*, and looked at it, and then hurried on, Alice started to her feet, for it flashed across her mind that she had never before seen a rabbit with either a waistcoat-pocket or a watch to take out of it, and, burning with curiosity, she ran across the field after it, and was just in time to see it pop down a large rabbit-hole under the hedge.

In another moment down went Alice after it, never once considering how in the world she was to get out again.

The rabbit-hole went straight on like a tunnel for some way, and then dipped suddenly down, so suddenly that Alice had not a moment to think about stopping herself before she found herself falling down what seemed to be a very deep well.

Cependant, lorsque le Lapin *tira bel et bien une montre de la poche de son gilet,* regarda l'heure, et se mit à courir de plus belle, Alice se dressa d'un bond, car, tout à coup, l'idée lui était venue qu'elle n'avait jamais vu de lapin pourvu d'une poche de gilet, ni d'une montre à tirer de cette poche. Dévorée de curiosité, elle traversa le champ en courant à sa poursuite, et eut la chance d'arriver juste à temps pour le voir s'enfoncer comme une flèche dans un énorme terrier placé sous la haie.

Un instant plus tard, elle y pénétrait à son tour, sans se demander une seule fois comment diable elle pourrait bien en sortir.

Pendant un certain temps, elle marcha droit devant elle dans le terrier comme dans un tunnel ; puis le sol s'abaissa brusquement, si brusquement qu'Alice, avant d'avoir pu songer à s'arrêter, s'aperçut qu'elle tombait dans un puits très profond.

Either the well was very deep, or she fell very slowly, for she had plenty of time as she went down to look about her, and to wonder what was going to happen next. First, she tried to look down and make out what she was coming to, but it was too dark to see anything; then she looked at the sides of the well, and noticed that they were filled with cupboards and bookshelves: here and there she saw maps and pictures hung upon pegs. She took down a jar from one of the shelves as she passed; it was labelled "ORANGE MARMALADE," but to her great disappointment it was empty: she did not like to drop the jar for fear of killing somebody underneath, so managed to put it into one of the cupboards as she fell past it.

"Well!" thought Alice to herself, "after such a fall as this, I shall think nothing of tumbling down stairs! How brave they'll all think me at home! Why, I wouldn't say anything about it, even if I fell off the top of the house!" (Which was very likely true.)

Down, down, down. Would the fall *never* come to an end? "I wonder how many miles I've fallen by this time?" she said aloud. "I must be getting somewhere near the centre of the earth. Let me see: that would be four thousand miles down,

Soit que le puits fût très profond, soit que la fillette tombât très lentement, elle s'aperçut qu'elle avait le temps, tout en descendant, de regarder autour d'elle et de se demander ce qui allait se passer. D'abord, elle essaya de regarder en bas pour voir où elle allait arriver, mais il faisait trop noir pour qu'elle pût rien distinguer. Ensuite, elle examina les parois du puits, et remarqua qu'elles étaient garnies de placards et d'étagères ; par endroits, des cartes de géographie et des tableaux se trouvaient accrochés à des pitons. En passant, elle prit un pot sur une étagère ; il portait une étiquette sur laquelle on lisait : CONFITURE D'ORANGES, mais, à la grande déception d'Alice, il était vide. Elle ne voulut pas le laisser tomber de peur de tuer quelqu'un et elle s'arrangea pour le poser dans un placard devant lequel elle passait, tout en tombant.

« Ma foi ! songea-t-elle, après une chute pareille, ça me sera bien égal, quand je serai à la maison, de dégringoler dans l'escalier ! Ce qu'on va me trouver courageuse ! Ma parole, même si je tombais du haut du toit, je n'en parlerais à personne ! » (Supposition des plus vraisemblables, en effet.)

Plus bas, encore plus bas, toujours plus bas. Est-ce que cette chute ne finirait jamais ? « Je me demande combien de kilomètres j'ai pu parcourir ? » dit-elle à haute voix. « Je ne dois pas être bien loin du centre de la terre. Voyons : ça ferait une chute de six à sept kilomètres,

I think—" (for, you see, Alice had learnt several things of this sort in her lessons in the schoolroom, and though this was not a *very* good opportunity for showing off her knowledge, as there was no one to listen to her, still it was good practice to say it over) "—yes, that's about the right distance—but then I wonder what Latitude or Longitude I've got to?" (Alice had not the slightest idea what Latitude was, or Longitude either, but she thought they were nice grand words to say.)

Presently she began again. "I wonder if I shall fall right *through* the earth! How funny it'll seem to come out among the people that walk with their heads downwards! The Antipathies, I think—" (she was rather glad there *was* no one listening, this time, as it didn't sound at all the right word) "—but I shall have to ask them what the name of the country is, you know. Please, Ma'am, is this New Zealand or Australia?" (and she tried to curtsey as she spoke—fancy *curtseying* as you're falling through the air! Do you think you could manage it?) "And what an ignorant little girl she'll think me for asking! No, it'll never do to ask: perhaps I shall see it written up somewhere."

Down, down, down. There was nothing else to do,

du moins je le crois… » (car, voyez-vous, Alice avait appris en classe pas mal de choses de ce genre, et, quoique le moment fût mal choisi pour faire parade de ses connaissances puisqu'il n'y avait personne pour l'écouter, c'était pourtant un bon exercice que de répéter tout cela) « … Oui, ça doit être la distance exacte… mais, par exemple, je me demande à quelle latitude et à quelle longitude je me trouve ? » (Alice n'avait pas la moindre idée de ce qu'était la latitude, pas plus d'ailleurs que la longitude, mais elle jugeait que c'étaient de très jolis mots, des mots superbes.)

Bientôt, elle recommença : « Je me demande si je vais traverser la terre d'un bout à l'autre ! Ça sera rudement drôle d'arriver au milieu de ces gens qui marchent la tête en bas ! On les appelle les Antipattes[1], je crois… » (cette fois, elle fut tout heureuse de ce qu'il n'y eût personne pour écouter, car il lui sembla que ce n'était pas du tout le mot qu'il fallait). « … Seulement, je serai obligée de leur demander quel est le nom du pays. S'il vous plaît, madame, suis-je en Nouvelle-Zélande ou en Australie ? » (et elle essaya de faire la révérence tout en parlant… Quelle idée de faire la révérence pendant qu'on tombe dans le vide ! Croyez-vous que vous en seriez capable ?) « Et la dame pensera que je suis une petite fille ignorante ! Non, il vaudra mieux ne rien demander ; peut-être que je verrai le nom écrit quelque part. »

Plus bas, encore plus bas, toujours plus bas. Comme il n'y avait rien d'autre à faire,

so Alice soon began talking again. "Dinah'll miss me very much to-night, I should think!" (Dinah was the cat.) "I hope they'll remember her saucer of milk at tea-time. Dinah, my dear! I wish you were down here with me! There are no mice in the air, I'm afraid, but you might catch a bat, and that's very like a mouse, you know. But do cats eat bats, I wonder?" And here Alice began to get rather sleepy, and went on saying to herself, in a dreamy sort of way, "Do cats eat bats? Do cats eat bats?" and sometimes, "Do bats eat cats?" for, you see, as she couldn't answer either question, it didn't much matter which way she put it. She felt that she was dozing off, and had just begun to dream that she was walking hand in hand with Dinah, and was saying to her very earnestly, "Now, Dinah, tell me the truth: did you ever eat a bat?" when suddenly, thump! thump! down she came upon a heap of sticks and dry leaves, and the fall was over.

Alice was not a bit hurt, and she jumped up on to her feet in a moment: she looked up, but it was all dark overhead; before her was another long passage, and the White Rabbit was still in sight, hurrying down it. There was not a moment to be lost: away went Alice like the wind,

Alice se remit bientôt à parler. « Je vais beaucoup manquer à Dinah ce soir, j'en ai bien peur ! » (Dinah était la chatte d'Alice[1].) « J'espère qu'on pensera à lui donner sa soucoupe de lait à l'heure du thé. Ma chère Dinah, comme je voudrais t'avoir ici avec moi ! Il n'y a pas de souris dans l'air, je le crains fort, mais tu pourrais attraper une chauve-souris, et ça, vois-tu, ça ressemble beaucoup à une souris. Mais est-ce que les chats mangent les chauves-souris ? Je me le demande. » À ce moment, Alice commença à se sentir toute somnolente, et elle se mit à répéter, comme si elle rêvait : « Est-ce que les chats mangent les chauves-souris ? Est-ce que les chats mangent les chauves-souris ? » et parfois : « Est-ce que les chauves-souris mangent les chats ? » car, voyez-vous, comme elle était incapable de répondre à aucune des deux questions, peu importait qu'elle posât l'une ou l'autre. Elle sentit qu'elle s'endormait pour de bon, et elle venait de commencer à rêver qu'elle marchait avec Dinah, la main dans la patte, en lui demandant très sérieusement : « Allons, Dinah, dis-moi la vérité : as-tu jamais mangé une chauve-souris ? » quand, brusquement, bing ! bing ! elle atterrit sur un tas de feuilles mortes, et sa chute prit fin.

Alice ne s'était pas fait le moindre mal, et fut sur pied en un moment ; elle leva les yeux, mais tout était noir au-dessus de sa tête. Devant elle s'étendait un autre couloir où elle vit le Lapin Blanc en train de courir à toute vitesse. Il n'y avait pas un instant à perdre : voilà notre Alice partie,

and was just in time to hear it say, as it turned a corner, "Oh my ears and whiskers, how late it's getting!" She was close behind it when she turned the corner, but the Rabbit was no longer to be seen: she found herself in a long, low hall, which was lit up by a row of lamps hanging from the roof.

There were doors all round the hall, but they were all locked, and when Alice had been all the way down one side and up the other, trying every door, she walked sadly down the middle, wondering how she was ever to get out again.

Suddenly she came upon a little three-legged table, all made of solid glass; there was nothing on it but a tiny golden key, and Alice's first idea was that this might belong to one of the doors of the hall; but alas!

rapide comme le vent. Elle eut juste le temps d'entendre le Lapin dire, en tournant un coin : « Par mes oreilles et mes moustaches, comme il se fait tard ! » Elle tourna le coin à son tour, très peu de temps après lui, mais, quand elle l'eut tourné, le Lapin avait disparu. Elle se trouvait à présent dans une longue salle basse éclairée par une rangée de lampes accrochées au plafond.

Il y avait plusieurs portes autour de la salle, mais elles étaient toutes fermées à clé ; quand Alice eut marché d'abord dans un sens, puis dans l'autre, en essayant de les ouvrir une par une, elle s'en alla tristement vers le milieu de la pièce, en se demandant comment elle pourrait bien faire pour en sortir.

Brusquement, elle se trouva près d'une petite table à trois pieds, entièrement faite de verre massif, sur laquelle il y avait une minuscule clé d'or, et Alice pensa aussitôt que cette clé pouvait fort bien ouvrir l'une des portes de la salle. Hélas !

either the locks were too large, or the key was too small, but at any rate it would not open any of them. However, on the second time round, she came upon a low curtain she had not noticed before, and behind it was a little door about fifteen inches high: she tried the little golden key in the lock, and to her great delight it fitted!

Alice opened the door and found that it led into a small passage, not much larger than a rat-hole: she knelt down and looked along the passage into the loveliest garden you ever saw. How she longed to get out of that dark hall, and wander about among those beds of bright flowers and those cool fountains, but she could not even get her head through the doorway; "and even if my head would go through," thought poor Alice, "it would be of very little use without my shoulders. Oh, how I wish I could shut up like a telescope! I think I could, if I only knew how to begin." For, you see, so many out-of-the-way things had happened lately that Alice had begun to think that very few things indeed were really impossible.

There seemed to be no use in waiting by the little door, so she went back to the table, half hoping she might find another key on it, or at any rate a book of rules for shutting people up

soit que les serrures fussent trop larges, soit que la clé fût trop petite, aucune porte ne voulut s'ouvrir. Néanmoins, la deuxième fois qu'Alice fit le tour de la pièce, elle découvrit un rideau bas qu'elle n'avait pas encore remarqué ; derrière ce rideau se trouvait une petite porte haute de quarante centimètres environ : elle essaya d'introduire la petite clé d'or dans la serrure, et elle fut ravie de constater qu'elle s'y adaptait parfaitement !

Alice ouvrit la porte, et vit qu'elle donnait sur un petit couloir guère plus grand qu'un trou à rat ; s'étant agenouillée, elle aperçut au bout du couloir le jardin le plus adorable qu'on puisse imaginer. Comme elle désirait sortir de cette pièce sombre, pour aller se promener au milieu des parterres de fleurs aux couleurs éclatantes et des fraîches fontaines ! Mais elle ne pourrait même pas faire passer sa tête par l'entrée ; « et même si ma tête pouvait passer, se disait la pauvre Alice, ça ne me servirait pas à grand-chose à cause de mes épaules. Oh ! que je voudrais pouvoir rentrer en moi-même comme une longue-vue ! Je crois que j'y arriverais si je savais seulement comment m'y prendre pour commencer. » Car, voyez-vous, il venait de se passer tant de choses bizarres, qu'elle en arrivait à penser que fort peu de choses étaient vraiment impossibles.

Il semblait inutile de rester à attendre près de la petite porte ; c'est pourquoi Alice revint vers la table, en espérant presque y trouver une autre clé, ou, du moins, un livre contenant une recette pour faire rentrer les gens en eux-mêmes,

like telescopes: this time she found a little bottle on it, ("which certainly was not here before," said Alice,) and tied round the neck of the bottle was a paper label with the words "DRINK ME" beautifully printed on it in large letters.

It was all very well to say "Drink me," but the wise little Alice was not going to do *that* in a hurry: "no, I'll look first," she said, "and see whether it's marked *'poison'* or not:" for she had read several nice little stories about children who had got burnt, and eaten up by wild beasts, and other unpleasant things, all because they *would* not remember the simple rules their friends had taught them, such as, that a red-hot poker will burn you if you hold it too long; and that if you cut your finger *very* deeply with a knife,

comme des longues-vues. Cette fois, elle y vit un petit flacon (« il n'y était sûrement pas tout à l'heure », dit-elle,) portant autour du goulot une étiquette de papier sur laquelle étaient imprimés en grosses lettres ces deux mots : « BOIS-MOI. »

C'était très joli de dire : « Bois-moi », mais notre prudente petite Alice n'allait pas se dépêcher d'obéir. « Non, je vais d'abord bien regarder, pensa-t-elle, pour voir s'il y a le mot : *poison.* » Car elle avait lu plusieurs petites histoires charmantes où il était question d'enfants brûlés, ou dévorés par des bêtes féroces, ou victimes de plusieurs autres mésaventures, tout cela uniquement parce qu'ils avaient refusé de se rappeler les simples règles de conduite que leurs amis leur avaient enseignées : par exemple, qu'un tisonnier chauffé au rouge vous brûle si vous le tenez trop longtemps, ou que, si vous vous faites au doigt une coupure très profonde avec un couteau,

it usually bleeds; and she had never forgotten that, if you drink much from a bottle marked "poison," it is almost certain to disagree with you, sooner or later.

However, this bottle was *not* marked "poison," so Alice ventured to taste it, and finding it very nice, (it had, in fact, a sort of mixed flavour of cherry-tart, custard, pineapple, roast turkey, toffy, and hot buttered toast,) she very soon finished it off.

* * *

"What a curious feeling!" said Alice, "I must be shutting up like a telescope."

And so it was indeed: she was now only ten inches high, and her face brightened up at the thought that she was now the right size for going through the little door into that lovely garden. First, however, she waited for a few minutes to see if she was going to shrink any further: she felt a little nervous about this, "for it might end, you know," said Alice to herself, "in my going out altogether, like a candle. I wonder what I should be like then?" And she tried to fancy what the flame of a candle looks like after the candle is blown out, for she could not remember ever having seen such a thing.

votre doigt, d'ordinaire, se met à saigner ; et Alice n'avait jamais oublié que si l'on boit une bonne partie du contenu d'une bouteille portant l'étiquette « poison », ça ne manque presque jamais, tôt ou tard, d'être mauvais pour la santé.

Cependant, ce flacon ne portant décidément pas l'étiquette : « poison », Alice se hasarda à en goûter le contenu ; comme il lui parut fort agréable (en fait, cela rappelait à la fois la tarte aux cerises, la crème renversée, l'ananas, la dinde rôtie, le caramel, et les rôties chaudes bien beurrées), elle l'avala séance tenante, jusqu'à la dernière goutte.

* * *

« Quelle sensation bizarre ! dit Alice. Je dois être en train de rentrer en moi-même, comme une longue-vue ! »

Et c'était bien exact : elle ne mesurait plus que vingt-cinq centimètres. Son visage s'éclaira à l'idée qu'elle avait maintenant exactement la taille qu'il fallait pour franchir la petite porte et pénétrer dans l'adorable jardin. Néanmoins elle attendit d'abord quelques minutes pour voir si elle allait diminuer encore ; elle se sentait un peu inquiète à ce sujet, « car, voyez-vous, pensait Alice, à la fin des fins je pourrais bien disparaître tout à fait, comme une bougie. En ce cas, je me demande à quoi je ressemblerais ». Et elle essaya d'imaginer à quoi ressemble la flamme d'une bougie une fois que la bougie est éteinte, car elle n'arrivait pas à se rappeler avoir jamais vu chose pareille.

After a while, finding that nothing more happened, she decided on going into the garden at once, but, alas for poor Alice! when she got to the door, she found she had forgotten the little golden key, and when she went back to the table for it, she found she could not possibly reach it: she could see it quite plainly through the glass, and she tried her best to climb up one of the legs of the table, but it was too slippery, and when she had tired herself out with trying, the poor little thing sat down and cried.

"Come, there's no use in crying like that!" said Alice to herself, rather sharply, "I advise you to leave off this minute!" She generally gave herself very good advice, (though she very seldom followed it,) and sometimes she scolded herself so severely as to bring tears into her eyes, and once she remembered trying to box her own ears for having cheated herself in a game of croquet she was playing against herself, for this curious child was very fond of pretending to be two people. "But it's no use now," thought poor Alice, "to pretend to be two people! Why, there's hardly enough of me left to make *one* respectable person!"

Soon her eye fell on a little glass box that was lying under the table: she opened it, and found in it a very small cake, on which the words "EAT ME" were beautifully marked in currants. "Well, I'll eat it,"

Au bout d'un moment, comme rien de nouveau ne s'était produit, elle décida d'aller immédiatement dans le jardin. Hélas ! pauvre Alice ! dès qu'elle fut arrivée à la porte, elle s'aperçut qu'elle avait oublié la petite clé d'or, et, quand elle revint à la table pour s'en saisir, elle s'aperçut qu'il lui était impossible de l'atteindre, quoiqu'elle pût la voir très nettement à travers le verre. Elle essaya tant qu'elle put d'escalader un des pieds de la table, mais il était trop glissant ; aussi, après s'être épuisée en efforts inutiles, la pauvre petite s'assit et fondit en larmes.

« Allons ! ça ne sert à rien de pleurer comme ça ! se dit-elle d'un ton sévère. Je te conseille de t'arrêter à l'instant ! » Elle avait coutume de se donner de très bons conseils (quoiqu'elle ne les suivît guère), et, parfois, elle se réprimandait si vertement que les larmes lui venaient aux yeux. Elle se rappelait qu'un jour elle avait essayé de se gifler pour avoir triché au cours d'une partie de croquet qu'elle jouait contre elle-même, car cette étrange enfant aimait beaucoup faire semblant d'être deux personnes différentes. « Mais c'est bien inutile à présent, pensa la pauvre Alice, de faire semblant d'être deux ! C'est tout juste s'il reste assez de moi pour former une seule et unique personne ! »

Bientôt son regard tomba sur une petite boîte de verre placée sous la table ; elle l'ouvrit et y trouva un tout petit gâteau sur lequel les mots : « MANGE-MOI » étaient très joliment tracés avec des raisins de Corinthe. « Ma foi, je vais le manger,

said Alice, "and if it makes me grow larger, I can reach the key; and if it makes me grow smaller, I can creep under the door; so either way I'll get into the garden, and I don't care which happens!"

She ate a little bit, and said anxiously to herself "Which way? Which way?" holding her hand on the top of her head to feel which way it was growing, and she was quite surprised to find that she remained the same size: to be sure, this is what generally happens when one eats cake, but Alice had got so much into the way of expecting nothing but out-of-the-way things to happen, that it seemed quite dull and stupid for life to go on in the common way.

So she set to work, and very soon finished off the cake.

dit Alice, s'il me fait grandir, je pourrai atteindre la clé ; s'il me fait rapetisser, je pourrai me glisser sous la porte ; d'une façon comme de l'autre j'irai dans le jardin, et je me moque pas mal que ce soit l'une ou l'autre. »

Elle mangea un petit bout de gâteau, et se dit avec anxiété : « Vers le haut ou vers le bas ? » en tenant sa main sur sa tête pour sentir si elle allait monter ou descendre. Or, elle fut toute surprise de constater qu'elle gardait toujours la même taille : bien sûr, c'est généralement ce qui arrive quand on mange des gâteaux, mais Alice avait tellement pris l'habitude de s'attendre à des choses extravagantes, qu'il lui paraissait ennuyeux et stupide de voir la vie continuer de façon normale.

C'est pourquoi elle se mit pour de bon à la besogne et eut bientôt fini le gâteau jusqu'à la dernière miette.

## CHAPTER II

## *The pool of tears*

"Curiouser and curiouser!" cried Alice (she was so much surprised, that for the moment she quite forgot how to speak good English); "now I'm opening out like the largest telescope that ever was! Good-bye, feet!" (for when she looked down at her feet, they seemed to be almost out of sight, they were getting so far off). "Oh, my poor little feet, I wonder who will put on your shoes and stockings for you now, dears? I'm sure *I* shan't be able! I shall be a great deal too far off to trouble myself about you: you must manage the best way you can;—but I must be kind to them," thought Alice, "or perhaps they won't walk the way I want to go! Let me see: I'll give them a new pair of boots every Christmas."

And she went on planning to herself how she would manage it. "They must go by the carrier," she thought; "and how funny it'll seem,

## CHAPITRE II

## *La mare aux larmes*

« De plus-t-en plus curieux[1] ! » s'écria Alice (elle était si surprise que, sur le moment, elle en oublia de parler correctement) ; « voilà que je m'allonge comme la plus grande longue-vue qui ait jamais existé ! Adieu, mes pieds ! » (car, lorsqu'elle les regarda, ils lui semblèrent avoir presque disparu, tant ils étaient loin). « Oh, mes pauvres petits pieds ! Je me demande qui vous mettra vos bas et vos souliers à présent mes chéris ! Pour moi, c'est sûr, j'en serai incapable ! Je serai beaucoup trop loin pour m'occuper de vous : il faudra vous arranger du mieux que vous pourrez… Mais il faut que je sois gentille avec eux, songea-t-elle ; sans ça peut-être qu'ils refuseront de marcher dans la direction où je voudrai aller ! Voyons un peu : je leur donnerai une paire de souliers neufs à chaque Noël. »

Là-dessus, elle se mit à combiner comment elle s'y prendrait pour faire parvenir les souliers à destination. « Il faudra que je les confie à un commissionnaire, pensa-t-elle ; ça aura l'air fameusement

sending presents to one's own feet! And how odd the directions will look!

*Alice's Right Foot, Esq.,*
*Hearthrug,*
*near the Fender.*
*(with Alice's love.)*

Oh dear, what nonsense I'm talking!"

Just at this moment her head struck against the roof of the hall: in fact she was now rather more than nine feet high, and she at once took up the little golden key and hurried off to the garden door.

Poor Alice! It was as much as she could do, lying down on one side, to look through into the garden with one eye; but to get through was more hopeless than ever: she sat down and began to cry again.

"You ought to be ashamed of yourself," said Alice, "a great girl like you," (she might well say this,) "to go on crying in this way! Stop this moment, I tell you!" But she went on all the same, shedding gallons of tears, until there was a large pool all round her,

drôle d'envoyer des cadeaux à ses propres pieds ! Et ce que l'adresse paraîtra bizarre !

*« Monsieur Pied Droit d'Alice*
*à Devant-de-Foyer*
*Près Garde-Feu*
*(avec les meilleures amitiés d'Alice)*

« Oh ! mon Dieu ! quelles bêtises je raconte ! »

Juste à ce moment, sa tête cogna le plafond : en fait, elle mesurait à présent plus de deux mètres soixante-quinze. Elle s'empara immédiatement de la petite clé d'or et se hâta vers la porte du jardin.

Pauvre Alice ! tout ce qu'elle put faire fut de se coucher sur le flanc et de regarder d'un œil le jardin ; mais il était plus inutile que jamais d'essayer de franchir la porte. Elle s'assit et se mit à pleurer.

« Tu devrais avoir honte, dit-elle, une grande fille comme toi (c'était le cas de le dire), pleurer comme tu le fais ! Veux-tu bien t'arrêter immédiatement ! » Mais elle n'en continua pas moins à verser des litres de larmes, jusqu'à ce qu'elle fût entourée d'une grande mare,

about four inches deep and reaching half down the hall.

After a time she heard a little pattering of feet in the distance, and she hastily dried her eyes to see what was coming. It was the White Rabbit returning, splendidly dressed, with a pair of white kid gloves in one hand and a large fan in the other: he came trotting along in a great hurry, muttering to himself as he came, "Oh! the Duchess, the Duchess! Oh! won't she be savage if I've kept her waiting!" Alice felt so desperate that she was ready to ask help of any one; so, when the Rabbit came near her, she began, in a low, timid voice, "If you please, sir——" The Rabbit started violently, dropped the white kid gloves and the fan, and skurried away into the darkness as hard as he could go.

profonde de dix centimètres, qui s'étendait jusqu'au milieu de la pièce.

Au bout d'un moment, elle entendit dans le lointain un bruit de petits pas pressés, et elle s'essuya vivement les yeux pour voir qui arrivait. C'était encore le Lapin Blanc, magnifiquement vêtu, portant d'une main une paire de gants de chevreau blancs et de l'autre un grand éventail ; il trottait aussi vite qu'il pouvait, et, chemin faisant, il marmonnait à mi-voix : « Oh ! la Duchesse, la Duchesse ! Oh ! ce qu'elle va être furieuse si je l'ai fait attendre ! » Alice se sentait si désespérée qu'elle était prête à demander secours à n'importe qui ; aussi, lorsque le Lapin arriva près d'elle, elle commença d'une voix basse et timide : « Je vous en prie, monsieur… » Le Lapin sursauta violemment, laissa tomber les gants de chevreau blancs et l'éventail, puis décampa dans les ténèbres aussi vite qu'il le put.

Alice took up the fan and gloves, and, as the hall was very hot, she kept fanning herself all the time she went on talking: "Dear, dear! How queer everything is to-day! And yesterday things went on just as usual. I wonder if I've been changed in the night? Let me think: was I the same when I got up this morning? I almost think I can remember feeling a little different. But if I'm not the same, the next question is, Who in the world am I? Ah, *that's* the great puzzle!" And she began thinking over all the children she knew, that were of the same age as herself, to see if she could have been changed for any of them.

"I'm sure I'm not Ada," she said, "for her hair goes in such long ringlets, and mine doesn't go in ringlets at all; and I'm sure I can't be Mabel, for I know all sorts of things, and she, oh! she knows such a very little! Besides, *she's* she, and *I'm* I, and—oh dear, how puzzling it all is! I'll try if I know all the things I used to know. Let me see: four times five is twelve, and four times six is thirteen, and four times seven is—oh dear! I shall never get to twenty at that rate! However, the Multiplication Table don't signify: let's try Geography. London is the capital of Paris, and Paris is the capital of Rome, and Rome—no, *that's* all wrong, I'm certain! I must have been

Alice ramassa l'éventail et les gants ; ensuite, comme la pièce était chaude, elle se mit à s'éventer sans arrêt tout en parlant : « Mon Dieu ! Mon Dieu ! Comme tout est bizarre aujourd'hui ! Pourtant, hier, les choses se passaient normalement. Je me demande si on m'a changée pendant la nuit ? Voyons, réfléchissons : est-ce que j'étais bien la même quand je me suis levée ce matin ? Je crois me rappeler que je me suis sentie un peu différente. Mais, si je ne suis pas la même, la question qui se pose est la suivante : Qui diable puis-je bien être ? Ah ! voilà le grand problème ! » Sur quoi, elle se mit à passer en revue dans sa tête toutes les filles de son âge qu'elle connaissait, pour voir si elle avait pu être changée en l'une d'elles.

« Je suis sûre de ne pas être Édith, se dit-elle, car elle a de très longues boucles, tandis que mes cheveux ne bouclent pas du tout. Je suis sûre également de ne pas être Mabel, car, moi, je sais toutes sortes de choses, tandis qu'elle ne sait quasiment rien ! De plus, elle est elle, et moi je suis moi, et… oh ! Seigneur ! quel casse-tête ! Je vais vérifier si je sais encore tout ce que je savais jusqu'ici. Voyons un peu : quatre fois cinq font douze, quatre fois six font treize, et quatre fois sept font… Oh ! mon Dieu ! jamais je n'arriverai jusqu'à vingt à cette allure[1] ! Mais la Table de Multiplication ne prouve rien ; essayons la Géographie. Londres est la capitale de Paris, et Paris est la capitale de Rome, et Rome… non, je suis sûre que ça n'est pas du tout ça ! On a dû

changed for Mabel! I'll try and say *'How doth the little—'*" and she crossed her hands on her lap, as if she were saying lessons, and began to repeat it, but her voice sounded hoarse and strange, and the words did not come the same as they used to do:—

*"How doth the little crocodile*
*Improve his shining tail,*
*And pour the waters of the Nile*
*On every golden scale!*

*How cheerfully he seems to grin,*
*How neatly spreads his claws,*
*And welcome little fishes in*
*With gently smiling jaws!"*

"I'm sure those are not the right words," said poor Alice, and her eyes filled with tears again as she went on, "I must be Mabel after all, and I shall have to go and live in that poky little house, and have next to no toys to play with, and oh! ever so many lessons to learn! No, I've made up my mind about it: if I'm Mabel, I'll stay down here! It'll be no use their putting their heads down and saying, 'Come up again, dear!' I shall only look up and say, 'Who am I then? Tell me that first, and then, if I like being that person, I'll come up; if not, I'll stay down here till I'm somebody else'—but, oh dear!" cried Alice

me changer en Mabel ! Je vais essayer de réciter : *Petite abeille*[1]… » S'étant croisé les mains sur les genoux comme si elle récitait ses leçons, elle se mit à dire la poésie bien connue, mais sa voix lui parut rauque et étrange, et les mots vinrent tout différents de ce qu'ils étaient d'habitude :

*« Voyez le petit crocodile :*
*Comme sa queue se tord*
*Lorsqu'il répand les eaux du Nil*
*Sur ses écailles d'or !*

*« Voyez son sourire d'ivoire,*
*Ses griffes en poinçons !*
*Il accueille à pleine mâchoire*
*Tous les petits poissons !*

« Je suis sûre que ce ne sont pas les mots qu'il faut », soupira la pauvre Alice ; et ses yeux se remplirent de larmes tandis qu'elle poursuivait : « Après tout, je dois être Mabel ; il va falloir que j'aille habiter cette misérable petite maison, et je n'aurai quasiment pas de jouets, et j'aurai tant et tant de leçons à apprendre ! Non, ma décision est prise : si je suis Mabel, je reste ici ! On aura beau pencher la tête vers moi en disant : “Allons, remonte, ma chérie !” je me contenterai de lever les yeux et de répondre : “Dites-moi d'abord qui je suis : si ça me plaît d'être cette personne-là, alors je remonterai ; sinon, je resterai ici jusqu'à ce que je sois quelqu'un d'autre”… Mais, oh ! mon Dieu ! » s'écria-t-elle

with a sudden burst of tears, "I do wish they *would* put their heads down! I am so *very* tired of being all alone here!"

As she said this, she looked down at her hands, and was surprised to see that she had put on one of the Rabbit's little white kid gloves while she was talking. "How *can* I have done that?" she thought. "I must be growing small again." She got up and went to the table to measure herself by it, and found that, as nearly as she could guess, she was now about two feet high, and was going on shrinking rapidly: she soon found out that the cause of this was the fan she was holding, and she dropped it hastily, just in time to save herself from shrinking away altogether.

"That *was* a narrow escape!" said Alice, a good deal frightened at the sudden change, but very glad to find herself still in existence; "and now for the garden!" and she ran with all speed back to the little door: but, alas! the little door was shut again, and the little golden key was lying on the glass table as before, "and things are worse than ever," thought the poor child, "for I never was so small as this before, never! And I declare it's too bad, that it is!"

As she said these words her foot slipped, and in another moment, splash! she was up to her chin in salt water. Her first idea was that she had somehow fallen into the sea,

en fondant brusquement en larmes, « je voudrais bien qu'on se décide à pencher la tête vers moi ! J'en ai tellement assez d'être toute seule ici ! »

Tout en disant cela, elle regarda ses mains, et s'aperçut, à sa grande stupeur, qu'elle avait mis un des petits gants de chevreau blancs du Lapin, sans y faire attention : « Comment ai-je pu m'y prendre ? songea-t-elle. Je dois être en train de rapetisser. » Elle se leva et s'approcha de la table pour voir par comparaison combien elle mesurait ; elle s'aperçut que, autant qu'elle pouvait en juger, elle avait environ soixante centimètres de haut, et ne cessait de diminuer rapidement. Elle comprit bientôt que ceci était dû à l'éventail qu'elle tenait ; elle le lâcha en toute hâte, juste à temps pour éviter de disparaître tout à fait.

« Cette fois, je l'ai échappé belle ! dit Alice, tout effrayée de sa brusque transformation, mais très heureuse d'être encore de ce monde ; maintenant, à moi le jardin ! » Et elle revint en courant à toute vitesse vers la petite porte. Hélas ! la petite porte était de nouveau fermée, la petite clé d'or se trouvait sur la table comme auparavant, « et les choses sont bien pires que jamais, pensa la pauvre fille, car jamais je n'ai été aussi petite qu'à présent, non, jamais ! Ma parole, c'est vraiment un peu trop fort ! »

Au moment où elle prononçait ces mots, son pied glissa, et, un instant plus tard, plouf ! elle se trouvait dans l'eau salée jusqu'au menton. Sa première idée fut qu'elle était tombée dans la mer, elle ne savait comment,

"and in that case I can go back by railway," she said to herself. (Alice had been to the seaside once in her life, and had come to the general conclusion, that wherever you go to on the English coast you find a number of bathing machines in the sea, some children digging in the sand with wooden spades, then a row of lodging houses, and behind them a railway station.) However, she soon made out that she was in the pool of tears which she had wept when she was nine feet high.

"I wish I hadn't cried so much!" said Alice, as she swam about, trying to find her way out. "I shall be punished for it now, I suppose, by being drowned in my own tears! That *will* be a queer thing, to be sure! However, everything is queer to-day."

Just then she heard something splashing about in the pool a little way off, and she swam nearer to make out what it was:

« et, dans ce cas, songea-t-elle, je vais pouvoir rentrer par le train ». (Alice était allée au bord de la mer une seule fois dans sa vie : elle en avait tiré cette conclusion générale que, partout où on allait sur les côtes anglaises, on trouvait des cabines de bain roulantes dans l'eau, des enfants en train de faire des trous dans le sable avec des pelles en bois, puis une rangée de pensions de famille, et enfin une gare de chemin de fer.) Cependant, elle ne tarda pas à comprendre qu'elle était dans la mare des larmes qu'elle avait versées au moment où elle avait deux mètres soixante-quinze de haut.

« Comme je regrette d'avoir tant pleuré ! » s'exclama-t-elle, tout en nageant pour essayer de se tirer de là. « Je suppose que, en punition, je vais me noyer dans mes propres larmes ! C'est ça qui sera bizarre, pour ça, oui ! Il est vrai que tout est bizarre aujourd'hui. »

À ce moment précis, elle entendit un clapotis dans la mare, à peu de distance, et elle nagea de ce côté-là pour voir de quoi il s'agissait ;

at first she thought it must be a walrus or hippopotamus, but then she remembered how small she was now, and she soon made out that it was only a mouse, that had slipped in like herself.

"Would it be of any use, now," thought Alice, "to speak to this mouse? Everything is so out-of-the-way down here, that I should think very likely it can talk: at any rate there's no harm in trying." So she began: "O Mouse, do you know the way out of this pool? I am very tired of swimming about here, O Mouse!" (Alice thought this must be the right way of speaking to a mouse: she had never done such a thing before, but she remembered having seen in her brother's Latin Grammar, "A mouse—of a mouse—to a mouse—a mouse—O mouse!") The Mouse looked at her rather inquisitively, and seemed to her to wink with one of its little eyes, but it said nothing.

elle crut d'abord se trouver en présence d'un morse ou d'un hippopotame ; mais ensuite elle se rappela sa taille minuscule, et elle ne tarda pas à s'apercevoir que c'était tout simplement une souris qui avait glissé dans la mare, exactement comme elle.

« Voyons, pensa Alice, est-ce que ça servirait à quelque chose de parler à cette souris ? Tout est tellement extravagant dans ce trou, qu'elle est très probablement capable de parler ; en tout cas, je peux toujours essayer. » Elle commença donc en ces termes : « Ô Souris, sais-tu comment on peut sortir de cette mare ? Je suis lasse de nager par ici, ô Souris ! » (Elle croyait qu'il fallait s'adresser en ces termes à une souris : jamais encore elle ne s'était exprimée de la sorte, mais elle venait de se rappeler avoir lu dans la Grammaire Latine de son frère : « Une souris, d'une souris, à une souris, une souris, ô souris ! ») La Souris regarda la petite fille avec curiosité (Alice crut même la voir cligner un de ses petits yeux), mais elle ne répondit pas.

"Perhaps it doesn't understand English," thought Alice; "I daresay it's a French mouse, come over with William the Conqueror." (For, with all her knowledge of history, Alice had no very clear notion how long ago anything had happened.) So she began again: "Où est ma chatte?" which was the first sentence in her French lesson-book. The Mouse gave a sudden leap out of the water, and seemed to quiver all over with fright. "Oh, I beg your pardon!" cried Alice hastily, afraid that she had hurt the poor animal's feelings. "I quite forgot you didn't like cats."

"Not like cats!" cried the Mouse, in a shrill, passionate voice. "Would *you* like cats if you were me?"

"Well, perhaps not," said Alice in a soothing tone: "don't be angry about it. And yet I wish I could show you our cat Dinah: I think you'd take a fancy to cats if you could only see her. She is such a dear quiet thing," Alice went on, half to herself, as she swam lazily about in the pool, "and she sits purring so nicely by the fire, licking her paws and washing her face—and she is such a nice soft thing to nurse—and she's such a capital one for catching mice——oh, I beg your pardon!" cried Alice again,

« Peut-être qu'elle ne comprend pas l'anglais, pensa Alice ; ce doit être une souris française qui est venue ici avec Guillaume le Conquérant. » (Malgré toutes ses connaissances historiques, Alice avait des idées très vagues sur l'époque où tel ou tel événement s'était produit.) En conséquence, elle dit : « Où est ma chatte ? » ce qui était la première phrase de son manuel de français. La Souris bondit brusquement hors de l'eau, et parut frissonner de terreur du museau à la queue. « Oh, excuse-moi, je t'en prie ! » s'écria vivement Alice, craignant d'avoir froissé la pauvre bête. « J'avais complètement oublié que tu n'aimais pas les chats.

— Que je n'aime pas les chats ! » s'exclama la Souris d'une voix perçante et furieuse. « Et toi, tu les aimerais, les chats, si tu étais à ma place ?

— Ma foi, peut-être bien que non », répondit Alice d'un ton conciliant. « Je t'en prie, ne te mets pas en colère à ce sujet. Pourtant, je voudrais bien pouvoir te montrer notre chatte Dinah : je crois que tu aurais de l'affection pour les chats si tu pouvais seulement la voir une fois. Elle est si pacifique, cette chère Dinah », continua la fillette comme si elle parlait pour elle seule, en nageant paresseusement de-ci de-là. « Elle reste assise au coin du feu, à ronronner d'une façon charmante, tout en se léchant les pattes et en se lavant la figure ; et puis c'est si doux de la caresser ; enfin, elle est vraiment de première force pour attraper les souris… Oh ! je t'en prie, excuse-moi ! » s'écria de nouveau Alice,

for this time the Mouse was bristling all over, and she felt certain it must be really offended. "We won't talk about her any more if you'd rather not."

"We, indeed!" cried the Mouse, who was trembling down to the end of his tail. "As if *I* would talk on such a subject! Our family always *hated* cats: nasty, low, vulgar things! Don't let me hear the name again!"

"I won't indeed!" said Alice, in a great hurry to change the subject of conversation. "Are you—are you fond—of—of dogs?" The mouse did not answer, so Alice went on eagerly: "There is such a nice little dog near our house I should like to show you! A little bright-eyed terrier, you know, with oh! such long curly brown hair! And it'll fetch things when you throw them, and it'll sit up and beg for its dinner, and all sorts of things—I can't remember half of them—and it belongs to a farmer, you know, and he says it's so useful, it's worth a hundred pounds! He says it kills all the rats and—oh dear!" cried Alice in a sorrowful tone. "I'm afraid I've offended it again!" For the Mouse was swimming away from her as hard as it could go, and making quite a commotion in the pool as it went.

So she called softly after it: "Mouse dear! Do come back again,

car cette fois-ci, la Souris était toute hérissée, et la petite fille était sûre de l'avoir offensée gravement. « Nous ne parlerons plus de ma chatte, puisque ça te déplaît.

— *Nous* n'en parlerons plus ! » s'écria la Souris qui tremblait jusqu'au bout de la queue. « Comme si, *moi*, j'allais parler d'une chose pareille ! Dans notre famille, nous avons toujours exécré les chats : ce sont des créatures vulgaires, viles, répugnantes ! Ne t'avise plus de prononcer le mot : chat !

— Je m'en garderai bien ! » dit Alice qui avait hâte de changer de conversation. « Est-ce que tu… tu… aimes les… les… chiens ? » La Souris ne répondant pas, Alice continua avec empressement : « Il y a près de chez nous un petit chien si charmant que j'aimerais bien pouvoir te le montrer ! Vois-tu, c'est un petit terrier aux grands yeux brillants, au poil long et bouclé ; oh, il est adorable ! Il va chercher les objets qu'on lui jette, il se dresse sur ses pattes de derrière pour mendier son dîner, et il fait tellement de tours que j'en oublie toujours plus de la moitié. Il appartient à un fermier qui dit que ce chien lui est si utile qu'il vaut plus de deux mille francs ! Il dit qu'il tue les rats et… Oh, mon Dieu ! » s'écria Alice d'un ton chagrin, « j'ai bien peur de l'avoir offensée une fois de plus ! » En effet, la Souris s'éloignait d'elle en nageant aussi vite que possible, et en soulevant une véritable tempête à la surface de la mare.

Alice l'appela doucement : « Ma petite Souris chérie ! Je t'en prie, reviens,

and we won't talk about cats or dogs either, if you don't like them!" When the Mouse heard this, it turned round and swam slowly back to her: its face was quite pale (with passion, Alice thought), and it said in a low, trembling voice, "Let us get to the shore, and then I'll tell you my history, and you'll understand why it is I hate cats and dogs."

It was high time to go, for the pool was getting quite crowded with the birds and animals that had fallen into it: there was a Duck and a Dodo, a Lory and an Eaglet, and several other curious creatures. Alice led the way, and the whole party swam to the shore.

et nous ne parlerons plus ni de chats ni de chiens, puisque tu ne les aimes pas ! » Quand la Souris entendit cela, elle fit demi-tour et nagea lentement vers Alice ; son visage était tout pâle (de colère, pensa la petite fille), et elle déclara d'une voix basse et tremblante : « Regagnons la terre ferme ; là, je te raconterai mon histoire ; tu comprendras alors pourquoi je déteste les chats et les chiens. »

Il était grand temps de partir, la mare se trouvant à présent fort encombrée par les oiseaux et les animaux qui y étaient tombés : il y avait un Canard, un Dodo, un Lori, un Aiglon[1], et plusieurs autres créatures bizarres. Alice montra le chemin, et toute la troupe gagna la terre à la nage.

## CHAPTER III

### *A caucus-race and a long tale*

They were indeed a queer-looking party that assembled on the bank—the birds with draggled feathers, the animals with their fur clinging close to them, and all dripping wet, cross, and uncomfortable.

The first question of course was, how to get dry again: they had a consultation about this, and after a few minutes it seemed quite natural to Alice to find herself talking familiarly with them, as if she had known them all her life. Indeed, she had quite a long argument with the Lory, who at last turned sulky, and would only say, "I am older than you, and must know better;" and this Alice would not allow, without knowing how old it was, and, as the Lory positively refused to tell its age, there was no more to be said.

At last the Mouse, who seemed to be a person of some authority among them, called out, "Sit down, all of you,

## CHAPITRE III

## *Une course au Caucus*[1] *et une longue histoire*

Étrange troupe, en vérité, que celle qui s'assembla sur la rive : oiseaux aux plumes mouillées, animaux dont la fourrure collait au corps, tous trempés comme des soupes, mal à l'aise, et de mauvaise humeur.

Naturellement, la question la plus importante était de savoir comment se sécher : ils tinrent conseil à ce sujet, et, au bout de quelques minutes, Alice trouva tout naturel de bavarder familièrement avec eux, comme si elle les avait connus toute sa vie. En réalité, elle eut une très longue discussion avec le Lori qui finit par bouder et se contenta de déclarer : « Je suis plus âgé que toi, je sais mieux que toi ce qu'il faut faire » ; mais Alice ne voulut pas admettre cela avant de connaître son âge, et, comme le Lori refusa catégoriquement de le dire, les choses en restèrent là.

Finalement, la Souris, qui semblait avoir beaucoup d'autorité sur eux, ordonna d'une voix forte : « Asseyez-vous, tous tant que vous êtes,

and listen to me! *I'll* soon make you dry enough!" They all sat down at once, in a large ring, with the Mouse in the middle. Alice kept her eyes anxiously fixed on it, for she felt sure she would catch a bad cold if she did not get dry very soon.

"Ahem!" said the Mouse with an important air, "are you all ready? This is the driest thing I know. Silence all round, if you please! 'William the Conqueror, whose cause was favoured by the pope, was soon submitted to by the English, who wanted leaders, and had been of late much accustomed to usurpation and conquest. Edwin and Morcar, the earls of Mercia and Northumbria—'"

et écoutez-moi ! Je vais vous sécher, moi, en deux temps et trois mouvements ! » Tous s'assirent aussitôt en formant un large cercle dont la Souris était le centre. Alice la regardait fixement d'un air inquiet, car elle était sûre d'attraper un mauvais rhume si elle ne se séchait pas bien vite.

« Hum ! Hum ! » reprit la Souris d'un air important. « Tout le monde est prêt ? Voici la chose la plus sèche que je connaisse. Faites silence, s'il vous plaît ! Je commence : "Guillaume le Conquérant, à la cause duquel le pape était favorable, reçut bientôt la soumission des Anglais qui avaient besoin de chefs et qui étaient habitués depuis quelque temps à l'usurpation et à la conquête. Edwin et Morcar, comtes de Mercie et de Northumbrie..."

"Ugh!" said the Lory, with a shiver.

"I beg your pardon?" said the Mouse, frowning, but very politely: "Did you speak?"

"Not I!" said the Lory, hastily.

"I thought you did," said the Mouse.—"I proceed. 'Edwin and Morcar, the earls of Mercia and Northumbria, declared for him; and even Stigand, the patriotic archbishop of Canterbury, found it advisable—"

"Found *what?*" said the Duck.

"Found *it,*" the Mouse replied rather crossly: "of course you know what 'it' means."

"I know what 'it' means well enough, when *I* find a thing," said the Duck: "it's generally a frog or a worm. The question is, what did the archbishop find?"

The Mouse did not notice this question, but hurriedly went on, "'—found it advisable to go with Edgar Atheling to meet William and offer him the crown. William's conduct at first was moderate. But the insolence of his Normans—' How are you getting on now, my dear?" it continued, turning to Alice as it spoke.

"As wet as ever," said Alice

— Pouah ! » s'exclama le Lori en frissonnant.

« Plaît-il ? » demanda la Souris très poliment, mais en fronçant le sourcil. « Tu as dit quelque chose ?

— Ça n'est pas moi ! » répliqua vivement le Lori.

« Ah ! j'avais cru t'entendre parler... Je continue : "Edwin et Morcar, comtes de Mercie et de Northumbrie, se déclarèrent pour lui ; et Stigand lui-même, archevêque de Canterbury, bien connu pour son patriotisme, trouvant cela opportun..."

— Trouvant *quoi* ? demanda le Canard.

— Trouvant *cela* », répondit la Souris d'un ton plutôt maussade. « Je suppose que tu sais ce que "cela" veut dire.

— Je sais ce que "cela" veut dire quand c'est moi qui le trouve, rétorqua le Canard. C'est généralement une grenouille ou un ver. La question est de savoir ce que trouva l'archevêque. »

La Souris fit semblant de ne pas avoir entendu cette question, et continua vivement : « "... trouvant cela opportun, accompagna Edgar Atheling à la rencontre de Guillaume pour offrir la couronne à ce dernier. Tout d'abord, l'attitude de Guillaume fut raisonnable ; mais l'insolence de ses Normands"... Comment te sens-tu à présent, ma petite ? » dit-elle en se tournant vers Alice.

« Plus mouillée que jamais », répondit la fillette

in a melancholy tone: "it doesn't seem to dry me at all."

"In that case," said the Dodo solemnly, rising to its feet, "I move that the meeting adjourn, for the immediate adoption of more energetic remedies—"

"Speak English!" said the Eaglet. "I don't know the meaning of half those long words, and, what's more, I don't believe you do either!" And the Eaglet bent down its head to hide a smile: some of the other birds tittered audibly.

"What I was going to say," said the Dodo in an offended tone, "was, that the best thing to get us dry would be a Caucus-race."

"What *is* a Caucus-race?" said Alice; not that she much wanted to know, but the Dodo had paused as if it thought that *somebody* ought to speak, and no one else seemed inclined to say anything.

"Why," said the Dodo, "the best way to explain it is to do it." (And as you might like to try the thing yourself, some winter day, I will tell you how the Dodo managed it.)

First it marked out a race-course, in a sort of circle, ("the exact shape doesn't matter," it said,)

d'une voix mélancolique ; « ça n'a pas l'air de me sécher le moins du monde.

— Dans ce cas », déclara solennellement le Dodo en se levant, « je propose que la réunion soit remise à une date ultérieure, et que nous adoptions sans plus tarder des mesures plus énergiques qui soient de nature à…

— Parle plus simplement ! s'exclama l'Aiglon[1]. Je ne comprends pas la moitié de ce que tu racontes, et, par-dessus le marché, je crois que tu ne comprends pas, toi non plus ! » Sur ces mots, il baissa la tête pour dissimuler un sourire ; on entendit nettement quelques oiseaux ricaner.

« Ce que j'allais dire », reprit le Dodo d'un ton vexé, « c'est que la meilleure chose pour nous sécher serait une course au Caucus.

— Qu'est-ce que c'est qu'une course au Caucus ? » demanda Alice. (Non pas qu'elle tînt beaucoup à le savoir ; mais le Dodo s'était tu comme s'il estimait que *quelqu'un* devait prendre la parole, et personne n'avait l'air de vouloir parler.)

« Ma foi, répondit-il, la meilleure façon d'expliquer ce que c'est qu'une course au Caucus, c'est de la faire. » Et, comme vous pourriez avoir envie d'essayer vous-même, un jour d'hiver, je vais vous raconter comment le Dodo procéda.

D'abord, il traça les limites d'un champ de courses à peu près circulaire (« La forme n'a pas d'importance », dit-il) ;

and then all the party were placed along the course, here and there. There was no "One, two, three, and away," but they began running when they liked, and left off when they liked, so that it was not easy to know when the race was over. However, when they had been running half an hour or so, and were quite dry again, the Dodo suddenly called out, "The race is over!" and they all crowded round it, panting, and asking, "But who has won?"

This question the Dodo could not answer without a great deal of thought, and it sat for a long time with one finger pressed upon its forehead, (the position in which you usually see Shakespeare, in the pictures of him,) while the rest waited in silence. At last the Dodo said, "*Everybody* has won, and all must have prizes."

"But who is to give the prizes?" quite a chorus of voices asked.

"Why, *she*, of course," said the Dodo, pointing to Alice with one finger; and the whole party at once crowded round her, calling out in a confused way, "Prizes! Prizes!"

Alice had no idea what to do, and in despair she put her hand in her pocket, and pulled out a box of comfits, (luckily the salt water had not got into it,)

puis tous les membres du groupe se placèrent sur le terrain au petit bonheur. Il n'y eut pas de : « Un, deux, trois, partez ! » Chacun se mit à courir quand il lui plut et s'arrêta de même, si bien qu'il fut assez difficile de savoir à quel moment la course était terminée. Néanmoins, lorsqu'ils eurent couru pendant une demi-heure environ et qu'ils furent tous bien secs de nouveau, le Dodo cria brusquement : « La course est finie ! » Sur quoi, ils s'attroupèrent autour de lui en demandant d'une voix haletante : « Mais qui a gagné ? »

Le Dodo ne put répondre à cette question avant d'avoir mûrement réfléchi, et il resta assis pendant un bon moment, un doigt sur le front (c'est dans cette position qu'on voit Shakespeare, la plupart du temps, sur les tableaux qui le représentent), tandis que les autres attendaient sans rien dire. Finalement, il déclara : « Tout le monde sans exception a gagné ; chacun de nous doit recevoir un prix.

— Mais qui va donner les prix ? » demandèrent les autres en chœur.

« C'est elle, bien sûr », dit le Dodo, en montrant Alice du doigt. Et, immédiatement, tous s'attroupèrent autour d'elle, en criant tumultueusement : « Des prix ! Des prix ! »

Alice ne savait que faire. En désespoir de cause, elle mit la main à la poche, en tira une boîte de dragées (fort heureusement l'eau salée n'avait pas pénétré dans la boîte),

and handed them round as prizes. There was exactly one a-piece, all round.

"But she must have a prize herself, you know," said the Mouse.

"Of course," the Dodo replied very gravely. "What else have you got in your pocket?" he went on, turning to Alice.

"Only a thimble," said Alice sadly.

"Hand it over here," said the Dodo.

Then they all crowded round her once more, while the Dodo solemnly presented the thimble, saying, "We beg your acceptance of this elegant thimble;" and, when it had finished this short speech, they all cheered.

et les distribua en guise de prix. Il y en avait exactement une pour chacun.

« Mais il faut qu'elle ait un prix, elle aussi, dit la Souris.

— Bien sûr », affirma le Dodo d'un ton très sérieux. « Qu'as-tu encore dans ta poche ? » continua-t-il en se tournant vers Alice.

« Rien qu'un dé à coudre », répondit-elle tristement.

« Passe-le-moi », ordonna-t-il.

Une fois de plus, tous se pressèrent autour d'elle, tandis que le Dodo présentait solennellement le dé à Alice, en disant : « Nous vous prions de bien vouloir accepter cet élégant dé à coudre. » Quand il eut achevé ce bref discours, les assistants poussèrent des acclamations.

Alice thought the whole thing very absurd, but they all looked so grave that she did not dare to laugh, and as she could not think of anything to say, she simply bowed, and took the thimble, looking as solemn as she could.

The next thing was to eat the comfits: this caused some noise and confusion, as the large birds complained that they could not taste theirs, and the small ones choked and had to be patted on the back. However it was over at last, and they sat down again in a ring, and begged the Mouse to tell them something more.

"You promised to tell me your history, you know," said Alice, "and why it is you hate—C and D," she added in a whisper, half afraid that it would be offended again.

"Mine is a long and a sad tale!" said the Mouse, turning to Alice, and sighing.

"It *is* a long tail, certainly," said Alice, looking down with wonder at the Mouse's tail; "but why do you call it sad?" And she kept on puzzling about it while the Mouse was speaking, so that her idea of the tale was something like this:——

Alice jugea tout cela parfaitement absurde, mais ils avaient l'air si sérieux qu'elle n'osa pas rire ; comme elle ne trouvait rien à répondre, elle se contenta de s'incliner et de prendre le dé, d'un air aussi grave que possible.

Il fallait à présent manger les dragées, ce qui n'alla pas sans beaucoup de bruit et de désordre : en effet, les gros oiseaux se plaignirent de ne pas avoir le temps de goûter les leurs, et les petits s'étranglèrent, si bien qu'on fut obligé de leur tapoter le dos. Cependant, tout finit par s'arranger ; ils s'assirent en cercle de nouveau, et prièrent la Souris de leur narrer autre chose.

« Tu m'avais promis de m'expliquer pourquoi tu détestes les… C, H, A, T, S, et les C, H, I, E, N, S », dit Alice à voix basse (craignant de la froisser une fois de plus) « et de me raconter ton histoire.

— Elle est bien longue et bien triste ! » s'exclama la Souris en soupirant et en regardant sa queue[1].

« Il est exact qu'elle est très longue », déclara Alice, en regardant la queue, elle aussi, d'un air stupéfait, « mais pourquoi la trouves-tu triste ? » Et, pendant que la Souris parlait, Alice continuait à se casser la tête à ce propos, de sorte que l'idée qu'elle se faisait de l'histoire ressemblait un peu à ceci…

"Fury said to
a mouse, That
he met
in the
house,
'Let us
both go
to law:
*I* will
prosecute
*you.*—
Come, I'll
take no
denial;
We must
have a
trial:
For
really
this
morning
I've
nothing
to do.'
Said the
mouse to
the cur,
'Such a
trial,
dear sir,
With no
jury or
judge,
would be
wasting
our breath.'
'I'll be
judge,
I'll be
jury,'
Said
cunning
old Fury;
'I'll try
the whole
cause,
and
condemn
you
to
death.'"

« Fureur dit à
une Souris Qu'il
avait trouvée au
logis : “Allons
devant le tri-
bunal : Je te
poursuis de-
vant la loi.
Je n'accepte
pas de refus ;
Je tiens que
ce procès
m'est dû :
Or il se
trouve
qu'au-
jourd'hui
moi je
n'ai rien
à faire ; et
toi ?” La
souris ré-
pond au ro-
quet : “Mon
cher mon-
sieur, un tel
procès, Sans
juge et sans
aucun jury,
ne se peut pas,
je le crains
fort. — Je se-
rai juge et
puis juré”,
répondit
Fureur le
rusé. “C'est
moi qui ren-
drai le
verdict.
Je te
condam-
nerai
à
m
o
r
t” »

"You are not attending!" said the Mouse to Alice, severely. "What are you thinking of?"

"I beg your pardon," said Alice very humbly: "you had got to the fifth bend, I think?"

"I had *not!*" cried the Mouse, sharply and very angrily.

"A knot!" said Alice, always ready to make herself useful, and looking anxiously about her. "Oh, do let me help to undo it!"

"I shall do nothing of the sort," said the Mouse, getting up and walking away. "You insult me by talking such nonsense!"

"I didn't mean it!" pleaded poor Alice. "But you're so easily offended, you know!" The Mouse only growled in reply.

"Please come back, and finish your story!" Alice called after it; and the others all joined in chorus, "Yes, please do!" but the Mouse only shook its head impatiently, and walked a little quicker.

"What a pity it wouldn't stay!" sighed the Lory, as soon as it was quite out of sight; and an old crab took the opportunity of saying to her daughter, "Ah, my dear! Let this be a lesson to you never to lose *your* temper!"

« Tu n'écoutes pas ! » s'écria la Souris d'un ton sévère. « À quoi penses-tu ? »

« Je te demande pardon », dit Alice très humblement. « Tu en étais arrivée à la cinquième courbe, n'est-ce pas ?

— Mais pas du tout ! » s'exclama la Souris d'un ton furieux. « Je n'étais pas encore au nœud de mon histoire[1] !

— Il y a donc un nœud quelque part ? » demanda Alice, toujours prête à se rendre utile, en regardant anxieusement autour d'elle. « Oh, je t'en prie, laisse-moi t'aider à le défaire !

— Jamais de la vie ! » rétorqua la Souris en se levant et en s'éloignant. « Tu m'insultes en racontant des bêtises pareilles !

— Je ne l'ai pas fait exprès ! » dit la pauvre Alice pour s'excuser. « Mais, aussi, tu te froisses à propos de tout ! »

La Souris, en guise de réponse, se contenta de grogner.

« Je t'en prie, reviens et achève ton histoire ! » s'écria Alice. Et tous les autres s'exclamèrent en chœur : « Oui, nous t'en prions ! » Mais la Souris se contenta de hocher la tête avec impatience, en s'éloignant un peu plus vite.

« Quel dommage qu'elle n'ait pas voulu rester ! » déclara le Lori en soupirant, aussitôt qu'elle eut disparu. Une mère Crabe profita de l'occasion pour dire à sa fille : « Ah ! ma chérie ! Que ceci te serve de leçon et t'apprenne à ne jamais te mettre en colère !

"Hold your tongue, Ma!" said the young crab, a little snappishly. "You're enough to try the patience of an oyster!"

"I wish I had our Dinah here, I know I do!" said Alice aloud, addressing nobody in particular. "She'd soon fetch it back!"

"And who is Dinah, if I might venture to ask the question?" said the Lory.

Alice replied eagerly, for she was always ready to talk about her pet. "Dinah's our cat. And she's such a capital one for catching mice you can't think! And oh, I wish you could see her after the birds! Why, she'll eat a little bird as soon as look at it !"

This speech caused a remarkable sensation among the party. Some of the birds hurried off at once: one old magpie began wrapping itself up very carefully, remarking, "I really must be getting home; the night-air doesn't suit my throat!" and a canary called out in a trembling voice to its children, "Come away, my dears! It's high time you were all in bed!" On various pretexts they all moved off, and Alice was soon left alone.

"I wish I hadn't mentioned Dinah!" she said to herself in a melancholy tone. "Nobody seems to like her, down here, and I'm sure she's the best cat in the world! Oh, my dear Dinah! I wonder if I shall ever see you any more!" And here poor Alice began to cry again,

— Tais-toi, m'man ! » répondit la petite d'un ton acariâtre. « Ma parole, tu ferais perdre patience à une huître !

— Ce que je voudrais avoir notre Dinah avec moi ! » s'exclama Alice à haute voix, mais sans s'adresser à personne en particulier. « Elle aurait vite fait de la ramener !

— Et qui est Dinah, si je puis me permettre de poser cette question ? » demanda le Lori.

Alice répondit avec empressement, car elle était toujours prête à parler de son animal favori : « Dinah est notre petite chatte. Elle est vraiment merveilleuse pour attraper les souris, tu ne peux pas t'en faire une idée ! Et je voudrais que tu la voies quand elle chasse les oiseaux ! Elle avale un petit oiseau en un rien de temps ! »

Ces paroles causèrent une grande sensation dans l'assistance. Quelques oiseaux s'envolèrent sans plus attendre. Une vieille Pie commença à s'emmitoufler très soigneusement en marmottant : « Il faut absolument que je rentre ; l'air de la nuit me fait mal à la gorge ! » et un Serin cria à ses enfants d'une voix tremblante : « Partons, mes chéris ! Vous devriez être au lit depuis longtemps déjà ! » Sous des prétextes divers, tous s'éloignèrent, et, bientôt, Alice se trouva seule.

« Ce que je regrette d'avoir parlé de Dinah ! se dit-elle d'une voix mélancolique. Personne ici n'a l'air de l'aimer, et pourtant je suis sûre que c'est la meilleure chatte du monde ! Oh ! ma chère Dinah ! » Là-dessus, la pauvre fille se remit à pleurer,

for she felt very lonely and low-spirited. In a little while, however, she again heard a little pattering of footsteps in the distance, and she looked up eagerly, half hoping that the Mouse had changed his mind, and was coming back to finish his story.

car elle se sentait très seule et très abattue. Mais, au bout d'un moment, elle entendit dans le lointain un léger bruit de pas ; alors, elle leva des yeux avides, espérant vaguement que la Souris avait changé d'idée et revenait pour achever son histoire.

# CHAPTER IV

## *The rabbit sends in a little bill*

It was the White Rabbit, trotting slowly back again, and looking anxiously about as it went, as if it had lost something; and she heard it muttering to itself, "The Duchess! The Duchess! Oh my dear paws! Oh my fur and whiskers! She'll get me executed, as sure as ferrets are ferrets! Where *can* I have dropped them, I wonder!" Alice guessed in a moment that it was looking for the fan and the pair of white kid gloves, and she very goodnaturedly began hunting about for them, but they were nowhere to be seen—everything seemed to have changed since her swim in the pool, and the great hall, with the glass table and the little door, had vanished completely.

Very soon the Rabbit noticed Alice, as she went hunting about, and called out to her in an angry tone, "Why, Mary Ann, what *are* you doing out here? Run home this moment, and fetch me a pair of gloves and a fan! Quick, now!" And Alice was so much frightened that she ran off at once

## CHAPITRE IV

### *Le lapin envoie Pierre et Pierres*[1]

C'était le Lapin Blanc qui revenait en trottant avec lenteur et en jetant autour de lui des regards inquiets comme s'il avait perdu quelque chose. Alice l'entendit murmurer : « La Duchesse ! La Duchesse ! Oh, mes pauvres petites pattes ! Oh, ma fourrure et mes moustaches ! Elle va me faire exécuter, aussi sûr que les furets sont des furets ! Où diable ai-je bien pu les laisser tomber ? » Alice devina sur-le-champ qu'il cherchait l'éventail et les gants de chevreau blancs ; très gentiment, elle se mit à les chercher à son tour, mais elle ne les trouva nulle part ; tout semblait changé depuis qu'elle était sortie de la mare : la grande salle, la table de verre et la petite clé avaient complètement disparu.

Bientôt le Lapin vit Alice en train de fureter partout, et il l'interpella avec colère : « Eh bien, Marie-Anne, que diable faites-vous là ? Filez tout de suite à la maison, et rapportez-moi une paire de gants et un éventail ! Allons, vite ! » Alice eut si peur qu'elle partit immédiatement à toutes jambes

in the direction it pointed to, without trying to explain the mistake that it had made.

"He took me for his housemaid," she said to herself as she ran. "How surprised he'll be when he finds out who I am! But I'd better take him his fan and gloves—that is, if I can find them." As she said this, she came upon a neat little house, on the door of which was a bright brass plate with the name "W. RABBIT," engraved upon it. She went in without knocking, and hurried upstairs, in great fear lest she should meet the real Mary Ann, and be turned out of the house before she had found the fan and gloves.

"How queer it seems," Alice said to herself, "to be going messages for a rabbit! I suppose Dinah'll be sending me on messages next!" And she began fancying the sort of thing that would happen: "'Miss Alice! Come here directly, and get ready for your walk!' 'Coming in a minute, nurse! But I've got to watch this mousehole till Dinah comes back, and see that the mouse doesn't get out.'

Only I don't think," Alice went on, "that they'd let Dinah stop in the house if it began ordering people about like that!"

By this time she had found her way into a tidy little room with a table in the window, and on it (as she had hoped)

dans la direction qu'il lui montrait du doigt, sans essayer de lui expliquer qu'il s'était trompé.

« Il m'a prise pour sa bonne », se disait-elle tout en courant. « Comme il sera étonné quand il saura qui je suis ! Mais je ferais mieux de lui rapporter son éventail et ses gants… du moins si j'arrive à les trouver. » Comme elle prononçait ces mots, elle arriva devant une petite maison fort coquette, sur la porte de laquelle se trouvait une plaque de cuivre étincelante où était gravé le nom : « L. BLANC ». Elle entra sans frapper, puis monta l'escalier quatre à quatre, car elle avait très peur de rencontrer la véritable Marie-Anne et de se faire expulser de la maison avant d'avoir trouvé l'éventail et les gants.

« Ce que ça semble drôle, pensa Alice, de faire des commissions pour un lapin ! Après ça, je suppose que c'est Dinah qui m'enverra faire des commissions ! » Et elle commença à s'imaginer ce qui se passerait : « Mademoiselle Alice, venez tout de suite vous habiller pour aller faire votre promenade ! — J'arrive dans un instant, Mademoiselle ! Mais il faut que je surveille ce trou de souris jusqu'au retour de Dinah, pour empêcher la souris de sortir. »

« Seulement, continua Alice, je ne crois pas qu'on garderait Dinah à la maison si elle se mettait à donner des ordres comme ça ! »

Elle était arrivée maintenant dans une petite chambre merveilleusement bien rangée. Devant la fenêtre se trouvait une table ; sur la table, comme elle l'avait espéré,

a fan and two or three pairs of tiny white kid gloves: she took up the fan and a pair of the gloves, and was just going to leave the room, when her eye fell upon a little bottle that stood near the looking-glass. There was no label this time with the words "DRINK ME," but nevertheless she uncorked it and put it to her lips. "I know *something* interesting is sure to happen," she said to herself, "whenever I eat or drink anything; so I'll just see what this bottle does. I do hope it'll make me grow large again, for really I'm quite tired of being such a tiny little thing!"

It did so indeed, and much sooner than she had expected: before she had drunk half the bottle, she found her head pressing against the ceiling, and had to stoop to save her neck from being broken. She hastily put down the bottle, saying to herself, "That's quite enough—I hope I shan't grow any more—As it is,

il y avait un éventail et deux ou trois paires de minuscules gants de chevreau blancs. Elle prit l'éventail et une paire de gants, et elle s'apprêtait à quitter la chambre quand son regard se posa sur une petite bouteille à côté d'un miroir. Cette fois, il n'y avait pas d'étiquette portant les mots : « BOIS-MOI », mais, cependant, elle déboucha la bouteille et la porta à ses lèvres. « Je sais qu'il arrive toujours quelque chose d'intéressant chaque fois que je mange ou que je bois n'importe quoi, se dit-elle. Je vais voir l'effet que produira cette bouteille. J'espère bien qu'elle me fera grandir de nouveau, car, vraiment, j'en ai assez d'être si minuscule ! »

Elle se mit effectivement à grandir, et plus tôt qu'elle ne s'y attendait. Avant d'avoir bu la moitié du contenu de la bouteille, elle s'aperçut que sa tête était pressée contre le plafond, si bien qu'elle dut se baisser pour éviter d'avoir le cou rompu. Elle se hâta de remettre la bouteille à sa place, en disant : « Ça suffit comme ça… J'espère que je ne grandirai plus… Au point où j'en suis,

I can't get out at the door—I do wish I hadn't drunk quite so much!"

Alas! It was too late to wish that! She went on growing and growing, and very soon had to kneel down on the floor: in another minute there was not even room for this, and she tried the effect of lying down with one elbow against the door, and the other arm curled round her head. Still she went on growing, and, as a last resource, she put one arm out of the window, and one foot up the chimney, and said to herself, "Now I can do no more, whatever happens. What *will* become of me?"

Luckily for Alice, the little magic bottle had now had its full effect, and she grew no larger: still it was very uncomfortable, and, as there seemed to be no sort of chance of her ever getting out of the room again, no wonder she felt unhappy.

"It was much pleasanter at home," thought poor Alice, "when one wasn't always growing larger and smaller, and being ordered about by mice and rabbits. I almost wish I hadn't gone down that rabbit-hole—and yet—and yet—it's rather curious, you know, this sort of life! I do wonder what *can* have happened to me! When I used to read fairy-tales, I fancied that kind of thing never happened,

je ne peux déjà plus sortir par la porte… Ce que je regrette d'avoir tant bu ! »

Hélas ! les regrets étaient inutiles ! Elle continuait à grandir sans arrêt, et, bientôt, elle fut obligée de s'agenouiller sur le plancher. Une minute plus tard, elle n'avait même plus assez de place pour rester à genoux. Elle essaya de voir si elle serait mieux en se couchant, un coude contre la porte, son autre bras replié sur la tête. Puis, comme elle ne cessait toujours pas de grandir, elle passa un bras par la fenêtre, mit un pied dans la cheminée, et se dit : « À présent je ne peux pas faire plus, quoi qu'il arrive. Que vais-je devenir ? »

Fort heureusement, la petite bouteille magique ayant produit tout son effet, Alice s'arrêta de grandir ; malgré tout, elle était très mal à l'aise, et, comme elle ne semblait pas avoir la moindre chance de pouvoir sortir un jour de la petite chambre, il n'était pas surprenant qu'elle se sentît malheureuse.

« C'était bien plus agréable à la maison, pensait la pauvre fille ; on ne grandissait pas et on ne rapetissait pas à tout bout de champ, et il n'y avait pas de souris ni de lapin pour vous envoyer de côté et d'autre. Je regrette presque d'être entrée dans ce terrier… Et pourtant… et pourtant… le genre de vie que je mène est vraiment très curieux ! Je me demande ce qui a bien pu m'arriver ! Au temps où je lisais des contes de fées, je m'imaginais que ce genre de choses n'arrivait jamais,

and now here I am in the middle of one! There ought to be a book written about me, that there ought! And when I grow up, I'll write one—but I'm grown up now," she added in a sorrowful tone, "at least there's no room to grow up any more *here*."

"But then," thought Alice, "shall I *never* get any older than I am now? That'll be a comfort, one way—never to be an old woman—but then—always to have lessons to learn! Oh, I shouldn't like *that!*"

"Oh, you foolish Alice!" she answered herself. "How can you learn lessons in here? Why, there's hardly room for you, and no room at all for any lesson-books!"

And so she went on, taking first one side and then the other, and making quite a conversation of it altogether, but after a few minutes she heard a voice outside, and stopped to listen.

"Mary Ann! Mary Ann!" said the voice, "fetch me my gloves this moment!" Then came a little pattering of feet on the stairs. Alice knew it was the Rabbit coming to look for her, and she trembled till she shook the house, quite forgetting that she was now about a thousand times as large as the Rabbit, and had no reason to be afraid of it.

et voilà que je me trouve en plein dedans ! On devrait écrire un livre sur moi, ça, oui ! Quand je serai grande, j'en écrirai un… Mais je suis assez grande maintenant », ajouta-t-elle d'une voix désolée ; « en tout cas, ici, je n'ai plus du tout de place pour grandir…

« Mais alors, poursuivit-elle, est-ce que j'aurai toujours l'âge que j'ai aujourd'hui ? D'un côté ce serait bien réconfortant de ne jamais devenir une vieille femme… mais, d'un autre côté, avoir des leçons à apprendre pendant toute ma vie !… Oh ! je n'aimerais pas ça du tout ! »

« Ma pauvre Alice, ce que tu peux être sotte ! se répondit-elle. Comment pourrais-tu apprendre des leçons ici ? C'est tout juste s'il y a assez de place pour toi ! Il n'y en a pas du tout pour un livre de classe ! »

Elle continua de la sorte pendant un bon moment, tenant une véritable conversation à elle seule, en faisant alternativement les questions et les réponses. Puis, au bout de quelques minutes, elle entendit une voix à l'extérieur de la maison, et se tut pour écouter.

« Marie-Anne ! Marie-Anne ! disait la voix. Apportez-moi mes gants tout de suite ! » Ensuite, Alice entendit un bruit de pas pressés dans l'escalier. Elle comprit que c'était le Lapin qui venait voir ce qu'elle devenait, et elle se mit à trembler au point d'ébranler toute la maison, car elle avait oublié qu'elle était à présent mille fois plus grosse que le Lapin et qu'elle n'avait plus aucune raison d'en avoir peur.

Presently the Rabbit came up to the door, and tried to open it, but as the door opened inwards, and Alice's elbow was pressed hard against it, that attempt proved a failure. Alice heard it say to itself, "Then I'll go round and get in at the window."

"*That* you won't!" thought Alice, and, after waiting till she fancied she heard the Rabbit just under the window, she suddenly spread out her hand, and made a snatch in the air. She did not get hold of anything, but she heard a little shriek and a fall, and a crash of broken glass, from which she concluded that it was just possible it had fallen into a cucumber-frame, or something of the sort.

Next came an angry voice—the Rabbit's —"Pat! Pat! Where are you?" And then a voice she had never heard before, "Sure then I'm here! Digging for apples, yer honour!"

Bientôt le Lapin arriva à la porte et essaya de l'ouvrir ; mais, comme elle s'ouvrait en dedans et comme le coude de la fillette était fortement appuyé contre le battant, cette tentative échoua. Alice entendit le Lapin qui disait : « Puisque c'est ainsi, je vais faire le tour et entrer par la fenêtre. »

« Si tu crois ça, tu te trompes ! » pensa-t-elle. Elle attendit un moment, puis, lorsqu'il lui sembla entendre le Lapin juste sous la fenêtre, elle ouvrit brusquement la main et fit un grand geste comme pour attraper une mouche. Elle n'attrapa rien, mais elle entendit un cri aigu, un bruit de chute et un fracas de verre brisé : d'où elle conclut que le Lapin avait dû tomber sur un châssis à concombres, ou quelque chose de ce genre.

Ensuite résonna une voix furieuse, la voix du Lapin, en train de crier : « Pat ! Pat ! Où es-tu ? » Après quoi, une voix qu'elle ne connaissait pas répondit : « Ben, j'suis là, pour sûr ! J'arrache des pommes, not' maît' !

"Digging for apples, indeed!" said the Rabbit angrily. "Here! Come and help me out of *this!*" (Sounds of more broken glass.) "Now tell me, Pat, what's that in the window?"

"Sure, it's an arm, yer honour!" (He pronounced it "arrum.")

"An arm, you goose! Who ever saw one that size? Why, it fills the whole window!"

"Sure, it does, yer honour: but it's an arm for all that."

"Well, it's got no business there, at any rate: go and take it away!"

There was a long silence after this, and Alice could only hear whispers now and then, such as, "Sure, I don't like it, yer honour, at all, at all!" "Do as I tell you, you coward!" and at last she spread out her hand again and made another snatch in the air. This time there were *two* little shrieks, and more sounds of broken glass. "What a number of cucumber frames there must be!" thought Alice. "I wonder what they'll do next! As for pulling me out of the window, I only wish they *could!* I'm sure *I* don't want to stay in here any longer!"

She waited for some time without hearing anything more: at last came a rumbling of little cart-wheels, and the sound of a good many voices all talking together:

— Ah ! vraiment, tu arraches des pommes ! Arrive ici ! Viens m'aider à sortir de là ! » (Nouveau fracas de verre brisé.) « Voyons, Pat, dis-moi un peu : qu'est-ce que tu aperçois à la fenêtre ?

— Pour sûr que c'est un bras, not' maît' ! » (Il prononçait : brââås.)

« Un bras, imbécile ! Qui a jamais vu un bras de cette taille ? Ma parole, il bouche complètement la fenêtre !

— Pour sûr que c'est ben vrai, not' maît' ; mais, malgré ça, c'est ben un bras.

— En tout cas, il n'a rien à faire là : va donc l'enlever ! »

Cette conversation fut suivie d'un long silence, et Alice n'entendit plus que quelques phrases à voix basse de temps à autre, telles que : « Pour sûr, j'aime pas ça du tout, not' maît' ; vrai, j'aime pas ça du tout ! » et : « Fais ce que je te dis, espèce de poltron ! » Finalement, Alice ouvrit la main de nouveau et fit encore un grand geste comme pour attraper une mouche. Cette fois, il y eut *deux* cris aigus et un nouveau fracas de verre brisé. « Qu'est-ce qu'il doit y avoir comme châssis à concombres ! pensa Alice. Je me demande ce qu'ils vont faire à présent ! Pour ce qui est de me retirer de la fenêtre, je voudrais bien qu'ils puissent y arriver ! Moi, je n'ai pas envie de rester ici plus longtemps ! »

Pendant un moment, elle n'entendit plus rien ; puis vint le grondement sourd de petites roues de charrette et le bruit de plusieurs voix en train de parler en même temps.

she made out the words, "Where's the other ladder?—Why, I hadn't to bring but one: Bill's got the other—Bill! fetch it here, lad!—Here, put 'em up at this corner—No, tie 'em together first—they don't reach half high enough yet—Oh! they'll do well enough; don't be particular—Here, Bill! catch hold of this rope—Will the roof bear?—Mind that loose slate—Oh, it's coming down! Heads below!" (a loud crash)—"Now, who did that?—It was Bill, I fancy—Who's to go down the chimney?—Nay, *I* shan't! *You* do it!—*That* I won't then!—Bill's got to go down—Here, Bill! the master says you've got to go down the chimney!"

"Oh, so Bill's got to come down the chimney, has he?" said Alice to herself. "Why, they seem to put everything upon Bill! I wouldn't be in Bill's place for a good deal: this fireplace is narrow, to be sure, but I *think* I can kick a little!"

She drew her foot as far down the chimney as she could, and waited till she heard a little animal (she couldn't guess of what sort it was) scratching and scrambling about in the chimney close above her: then, saying to herself, "This is Bill," she gave one sharp kick, and waited to see what would happen next.

Elle distingua les phrases suivantes : « Ousqu'est l'autre échelle ? — On m'a dit d'en apporter qu'une ; c'est Pierre qu'a l'autre. — Pierre, amène-là ici, mon gars ! — Mettez-les à ce coin-ci. — Non, faut d'abord les attacher bout à bout ; elles arrivent point assez haut. — Oh ! ça fera comme ça, t'es ben difficile. — Dis-donc, Pierre, attrape-moi cette corde ! — Est-ce que le toit supportera son poids ? — Attention à cette ardoise qu'est détachée ! — Ça y est, elle dégringole ! Gare là-dessous ! » (Ici il y eut un grand fracas.) « Qui c'est qu'a fait ça ? — Je crois que c'est Pierre. — Qui va descendre dans la cheminée ? — Moi, je ne marche pas ! Vas-y, toi ! — Si c'est comme ça, j'y vais point, moi non plus ! — C'est Pierre qui doit descendre. — T'entends, Pierre ? le maître dit que tu dois descendre dans la cheminée ! »

« Ah, vraiment ! Pierre doit descendre dans la cheminée ! pensa Alice. Ma parole, c'est à croire que tout retombe sur le dos de Pierre ! Je ne voudrais pour rien au monde être à la place de Pierre : cette cheminée est étroite, c'est vrai, mais je crois bien que j'ai la place de donner un coup de pied ! »

Elle retira son pied aussi loin qu'elle le put, et attendit. Bientôt, elle entendit les griffes d'un petit animal (elle ne put deviner quelle sorte d'animal c'était) gratter les parois de la cheminée juste au-dessus d'elle. Elle se dit : « Voici Pierre », donna un grand coup de pied, et prêta l'oreille pour savoir ce qui allait se passer.

The first thing she heard was a general chorus of "There goes Bill!" then the Rabbit's voice alone—"Catch him, you by the hedge!" then silence, and then another confusion of voices—"Hold up his head—Brandy now—Don't choke him—How was it, old fellow? What happened to you? Tell us all about it!"

Last came a little feeble squeaking voice, ("That's Bill," thought Alice,) "Well, I hardly know—No more, thank'ye, I'm better now—but I'm a deal too flustered to tell you—all I know is, something comes at me like a Jack-in-the-box, and up I go like a sky-rocket!"

"So you did, old fellow!" said the others.

"We must burn the house down!" said the Rabbit's voice, and Alice called out as loud as she could, "If you do, I'll set Dinah at you!"

There was a dead silence instantly, and Alice thought to herself, "I wonder what they *will* do next! If they had any sense, they'd take the roof off." After a minute or two they began moving about again, and Alice heard the Rabbit say, "A barrowful will do, to begin with."

"A barrowful of *what?*" thought Alice; but she had not long to doubt, for the next moment a shower of little pebbles came rattling in at the window,

D'abord elle entendit plusieurs voix qui s'exclamaient en chœur : « Tiens, voilà Pierre ! »… Puis le Lapin ordonna : « Attrapez-le, vous, là-bas, près de la haie ! »… Puis il y eut un silence… puis un chœur de voix confuses : « Relevez-lui la tête. — Un peu d'eau-de-vie maintenant. — Ne l'étouffez pas. — Comment ça s'est-il passé, mon vieux ? Qu'est-ce qui t'est arrivé ? Raconte-nous ça ! »

Finalement, une petite voix faible et glapissante se fit entendre : (« Ça, c'est Pierre », pensa Alice.) « Ma parole, je ne sais pas… Non, merci, j'en ai assez… Oui, je me sens mieux, mais je suis encore trop étourdi pour vous raconter… Tout ce que je sais, c'est qu'un espèce de machin m'a cogné comme un diable qui sort d'un boîte, et me v'là parti en l'air comme une fusée !

— Pour ça, oui, c'est ben vrai, mon vieux ! s'exclamèrent les autres.

— Il va falloir brûler la maison ! » dit la voix du Lapin. « Si vous faites ça, je lance Dinah à vos trousses ! » s'écria Alice de toutes ses forces.

Un silence de mort régna aussitôt, et elle pensa : « Je me demande ce qu'ils vont bien pouvoir inventer à présent ! S'ils avaient pour deux sous de bon sens, ils enlèveraient le toit. » Au bout d'une minute ou deux, ils recommencèrent à s'agiter, et Alice entendit le Lapin qui disait : « Une brouettée suffira pour commencer. »

« Une brouettée de *quoi ?* » pensa la fillette. Mais elle ne tarda pas à être fixée, car, une seconde plus tard, une averse de petits cailloux s'abattit sur la fenêtre,

and some of them hit her in the face. "I'll put a stop to this," she said to herself and shouted out, "You'd better not do that again!" which produced another dead silence.

Alice noticed with some surprise that the pebbles were all turning into little cakes as they lay on the floor, and a bright idea came into her head. "If I eat one of these cakes," she thought, "it's sure to make some change in my size; and as it can't possibly make me larger, it must make me smaller, I suppose."

So she swallowed one of the cakes, and was delighted to find that she began shrinking directly. As soon as she was small enough to get through the door, she ran out of the house, and found quite a crowd of little animals and birds waiting outside. The poor little Lizard, Bill, was in the middle, being held up by two guinea-pigs, who were giving it something out of a bottle. They all made a rush at Alice the moment she appeared, but she ran off as hard as she could, and soon found herself safe in a thick wood.

"The first thing I've got to do," said Alice to herself, as she wandered about in the wood,

et quelques-uns la frappèrent au visage. « Je vais faire arrêter ça », se dit-elle ; puis elle cria de toute sa force : « Vous ferez bien de ne pas recommencer ! » ce qui amena un silence de mort.

Alice remarqua, non sans surprise, que les cailloux éparpillés sur le plancher se transformaient en petits gâteaux, et une idée lumineuse lui vint. « Si j'en mange un, pensa-t-elle, il va sûrement me faire changer de taille ; et, comme il est impossible qu'il me fasse encore grandir, je suppose qu'il va me faire rapetisser. »

Là-dessus, elle avala un gâteau, et fut ravie de voir qu'elle commençait à diminuer immédiatement. Dès qu'elle fut assez petite pour pouvoir passer la porte, elle sortit de la maison en courant. Dans le jardin, elle trouva un grand nombre de petits animaux et d'oiseaux. Pierre, le pauvre Lézard, était au milieu du groupe, soutenu par deux cochons d'Inde qui lui versaient à boire. Tous se ruèrent dans la direction d'Alice dès qu'elle se montra, mais elle s'enfuit à toutes jambes et se trouva bientôt en sécurité dans un bois touffu.

« La première chose que je dois faire », se dit-elle tout en marchant dans le bois à l'aventure,

"is to grow to my right size again; and the second thing is to find my way into that lovely garden. I think that will be the best plan."

It sounded an excellent plan, no doubt, and very neatly and simply arranged; the only difficulty was, that she had not the smallest idea how to set about it; and while she was peering about anxiously among the trees, a little sharp bark just over her head made her look up in a great hurry.

An enormous puppy was looking down at her with large round eyes, and feebly stretching out one paw, trying to touch her. "Poor little thing!" said Alice in a coaxing tone, and she tried hard to whistle to it, but she was terribly frightened all the time at the thought that it might be hungry, in which case it would be very likely to eat her up in spite of all her coaxing.

Hardly knowing what she did, she picked up a little bit of stick, and held it out to the puppy; whereupon the puppy jumped into the air off all its feet at once, with a yelp of delight, and rushed at the stick, and made believe to worry it; then Alice dodged behind a great thistle, to keep herself from being run over, and, the moment she appeared on the other side, the puppy made another rush at the stick, and tumbled head over heels in its hurry to get hold of it; then Alice, thinking it was very like having a game of play with a carthorse, and expecting every moment to be trampled under its feet, ran round the thistle again;

« c'est retrouver ma taille normale ; après ça, il faut que j'arrive à pénétrer dans ce charmant jardin. Je crois que c'est un très bon projet. »

En vérité, ce projet semblait excellent, à la fois simple et précis ; la seule difficulté c'est qu'Alice ne savait pas le moins du monde comment le mettre à exécution. Tandis qu'elle regardait autour d'elle avec inquiétude parmi les arbres, un petit aboiement sec juste au-dessus de sa tête lui fit lever les yeux en toute hâte.

Un énorme petit chien la regardait d'en haut avec de grands yeux ronds, et essayait de la toucher en tendant timidement une de ses pattes. « Pauvre petite bête ! » dit Alice d'une voix caressante. Puis elle essaya tant qu'elle put de siffler le petit chien ; mais, en réalité, elle avait terriblement peur à l'idée qu'il pouvait avoir faim car, dans ce cas, il aurait pu tout aussi bien la dévorer, malgré ses cajoleries.

Ne sachant trop que faire, elle ramassa un bout de bâton et le lui tendit ; alors le petit chien fit un grand saut en l'air en jappant de plaisir, puis il se jeta sur le bâton qu'il se mit à mordiller ; Alice s'esquiva derrière un grand chardon pour éviter d'être renversée, mais, dès qu'elle se montra de l'autre côté du chardon, le petit chien se précipita de nouveau sur le bâton et fit la cabriole dans sa hâte de s'en emparer ; alors Alice (qui avait nettement l'impression de jouer avec un cheval de trait, et qui s'attendait à être piétinée d'un moment à l'autre) s'esquiva de nouveau derrière le chardon ;

then the puppy began a series of short charges at the stick, running a very little way forwards each time and a long way back, and barking hoarsely all the while, till at last it sat down a good way off, panting, with its tongue hanging out of its mouth, and its great eyes half shut.

This seemed to Alice a good opportunity for making her escape, so she set off at once, and ran till she was quite tired and out of breath, and till the puppy's bark sounded quite faint in the distance.

"And yet what a dear little puppy it was!" said Alice, as she leant against a buttercup to rest herself, and fanned herself with one of the leaves, "I should have liked teaching it tricks very much, if—if I'd only been the right size to do it! Oh dear! I'd nearly forgotten that I've got to grow up again!

sur quoi, le petit chien exécuta une série de courtes attaques contre le bâton, avançant très peu et reculant beaucoup chaque fois, sans cesser d'aboyer d'une voix rauque ; finalement il s'assit à une assez grande distance, haletant, la langue pendante, et ses grands yeux mi-clos.

Alice jugea qu'elle avait là une bonne occasion de se sauver ; elle partit sans plus attendre, et courut jusqu'à ce qu'elle fût épuisée, hors d'haleine, et que l'aboiement du petit chien ne résonnât plus que très faiblement dans le lointain.

« Pourtant, quel charmant petit chien c'était ! » se dit-elle en s'appuyant contre un bouton d'or pour se reposer, et en s'éventant avec une de ses feuilles. « J'aurais bien aimé lui apprendre à faire des tours si... si seulement j'avais eu la taille qu'il faut pour ça ! Oh ! mon Dieu ! J'avais presque oublié que je dois grandir !

Let me see—how *is* it to be managed? I suppose I ought to eat or drink something or other; but the great question is, what?"

The great question certainly was, what? Alice looked all round her at the flowers and the blades of grass, but she could not see anything that looked like the right thing to eat or drink under the circumstances. There was a large mushroom growing near her, about the same height as herself, and when she had looked under it, and on both sides of it, and behind it, it occurred to her that she might as well look and see what was on the top of it.

She stretched herself up on tiptoe, and peeped over the edge of the mushroom, and her eyes immediately met those of a large blue caterpillar, that was sitting on the top with its arms folded, quietly smoking a long hookah, and taking not the smallest notice of her or of anything else.

Voyons… comment est-ce que je vais m'y prendre ? Je suppose que je devrais manger ou boire quelque chose ; mais la grande question est : quoi ? »

La grande question était certainement : quoi ? Alice regarda les fleurs et les brins d'herbe autour d'elle, sans rien voir qui ressemblât à la chose qu'il fallait manger ou boire, étant donné les circonstances. Tout près d'elle se dressait un champignon à peu près de sa taille ; quand elle eut regardé sous le champignon, derrière le champignon, et des deux côtés du champignon, l'idée lui vint qu'elle pourrait également regarder ce qu'il y avait sur le dessus du champignon.

Elle se dressa sur la pointe des pieds, jeta un coup d'œil attentif, et son regard rencontra immédiatement celui d'une grosse chenille bleue[1], assise les bras croisés, fumant tranquillement un long narguilé, sans prêter la moindre attention à Alice ou à quoi que ce fût.

## CHAPTER V

### *Advice from a Caterpillar*

The Caterpillar and Alice looked at each other for some time in silence: at last the Caterpillar took the hookah out of its mouth, and addressed her in a languid, sleepy voice.

"Who are *you?*" said the Caterpillar.

This was not an encouraging opening for a conversation. Alice replied, rather shyly, "I—I hardly know, sir, just at present—at least I know who I *was* when I got up this morning, but I think I must have been changed several times since then."

"What do you mean by that?" said the Caterpillar sternly. "Explain yourself!"

"I can't explain *myself*, I'm afraid, sir," said Alice, "because I'm not myself, you see."

"I don't see," said the Caterpillar.

"I'm afraid I can't put it more clearly," Alice replied very politely, "for I can't understand it myself to begin with;

## CHAPITRE V

### *Conseils d'une chenille*

La Chenille et Alice se regardèrent un bon moment en silence. Finalement, la Chenille retira son narguilé de sa bouche, puis demanda d'une voix languissante et endormie :

« Qui es-tu ? »

Ce n'était pas un début de conversation très encourageant. Alice répondit d'un ton timide : « Je... Je... ne sais pas très bien, madame, du moins pour l'instant... Je sais qui j'*étais* quand je me suis levée ce matin, mais je crois qu'on a dû me changer plusieurs fois depuis ce moment-là.

— Que veux-tu dire ? » demanda la Chenille d'un ton sévère. « Explique-toi[1] !

— Je crains de ne pas pouvoir m'expliquer, madame, parce que je ne suis pas moi, voyez-vous !

— Non, je ne vois pas.

— J'ai bien peur de ne pas pouvoir m'exprimer plus clairement, reprit Alice avec beaucoup de politesse, car, tout d'abord, je ne comprends pas moi-même ce qui m'arrive,

and being so many different sizes in a day is very confusing."

"It isn't," said the Caterpillar.

"Well, perhaps you haven't found it so yet," said Alice; "but when you have to turn into a chrysalis—you will some day, you know—and then after that into a butterfly, I should think you'll feel it a little queer, won't you?"

"Not a bit," said the Caterpillar.

"Well, perhaps your feelings may be different," said Alice; "all I know is, it would feel very queer to *me*."

"You!" said the Caterpillar contemptuously. "Who are *you* ?"

Which brought them back again to the beginning of the conversation. Alice felt a little irritated at the Caterpillar's making such *very* short remarks, and she drew herself up and said, very gravely, "I think, you ought to tell me who *you* are, first."

"Why?" said the Caterpillar.

Here was another puzzling question; and, as Alice could not think of any good reason, and as the Caterpillar seemed to be in a *very* unpleasant state of mind, she turned away.

"Come back!" the Caterpillar called after her. "I've something important to say!"

This sounded promising, certainly: Alice turned and came back again.

"Keep your temper," said the Caterpillar.

et, de plus, ça vous brouille les idées de changer si souvent de taille dans la même journée.

— Pas du tout.

— Vous ne vous en êtes peut-être pas aperçue jusqu'à présent ; mais, quand vous serez obligée de vous transformer en chrysalide (ça vous arrivera un de ces jours, vous savez), puis en papillon, je suppose que ça vous paraîtra un peu bizarre.

— Certainement pas.

— Il est possible que ça ne vous fasse pas cet effet-là, mais, tout ce que je sais, c'est que ça me paraîtrait extrêmement bizarre, à moi.

— À toi ! » s'exclama la Chenille d'un ton de mépris. « Et qui es-tu, toi ? »

Ce qui les ramenait au début de leur conversation. Alice, un peu irritée de ce que la Chenille lui parlât si sèchement, se redressa de toute sa hauteur et déclara d'un ton solennel :

« Je crois que c'est vous qui devriez d'abord me dire qui vous êtes.

— Pourquoi ? »

La question était fort embarrassante ; comme Alice ne pouvait trouver une bonne raison, et comme la Chenille semblait être d'humeur très désagréable, la fillette s'éloigna.

« Reviens ! lui cria la Chenille. J'ai quelque chose d'important à te dire ! »

Ceci semblait plein de promesses : Alice fit demi-tour et revint.

« Ne te mets jamais en colère, déclara la Chenille.

"Is that all?" said Alice, swallowing down her anger as well as she could.

"No," said the Caterpillar.

Alice thought she might as well wait, as she had nothing else to do, and perhaps after all it might tell her something worth hearing. For some minutes it puffed away without speaking, but at last it unfolded its arms, took the hookah out of its mouth again, and said, "So you think you're changed, do you?"

"I'm afraid I am, sir," said Alice; "I can't remember things as I used—and I don't keep the same size for ten minutes together!"

"Can't remember *what* things?" said the Caterpillar.

"Well, I've tried to say 'How doth the little busy bee,' but it all came different!" Alice replied in a very melancholy voice.

"Repeat '*You are old, Father William*,'" said the Caterpillar.

Alice folded her hands, and began:—

— C'est tout ? » demanda Alice, en maîtrisant sa fureur de son mieux.

« Non », répliqua la Chenille.

Alice pensa qu'elle pourrait aussi bien attendre, puisqu'elle n'avait rien d'autre à faire ; peut-être qu'après tout la Chenille lui dirait quelque chose qui vaudrait la peine d'être entendu. Pendant quelques minutes, la Chenille fuma en silence, puis, finalement, elle décroisa ses bras, retira le narguilé de sa bouche, et dit : « Donc, tu crois que tu es changée, n'est-ce pas ?

— J'en ai peur, madame. Je suis incapable de me rappeler les choses comme avant... et je change de taille toutes les dix minutes !

— Quelles sont les choses que tu ne peux pas te rappeler ?

— Eh bien, par exemple, j'ai essayé de réciter : *Petite abeille*, mais c'est venu tout différent de ce que c'est en réalité ! » dit Alice d'une voix mélancolique.

« Récite : *Vous êtes vieux, Père William*[1] », ordonna la Chenille.

Alice joignit les mains et commença :

*"You are old, Father William," the young man said,*
*"And your hair has become very white;*
*And yet you incessantly stand on your head—*
*Do you think, at your age, it is right?"*

*"In my youth," Father William replied to his son,*
*"I feared it might injure the brain;*
*But now that I'm perfectly sure I have none,*
*Why, I do it again and again."*

*"You are old," said the youth, "as I mentioned before,*
*And have grown most uncommonly fat;*
*Yet you turned a back-somersault in at the door—*
*Pray, what is the reason of that?"*

*"In my youth," said the sage, as he shook his grey locks,*
*"I kept all my limbs very supple*
*By the use of this ointment—one shilling the box—*
*Allow me to sell you a couple."*

*"You are old," said the youth, "and your jaws are too weak*
*For anything tougher than suet;*

*« Vous êtes vieux, Père William, dit le jeune homme ;*
*Voyez, déjà vos cheveux sont tout blancs,*
*Or, sans arrêt vous faites la chandelle ; en somme,*
*Ça n'est pas très normal, à soixante ans.*

*« Père William lui dit : — Du temps de ma jeunesse,*
*Ça m'inquiétait un peu pour mon cerveau ;*
*Aujourd'hui, sûr de n'en avoir pas, je confesse*
*Y trouver un plaisir toujours nouveau.*

*« Vous êtes vieux (je l'ai déjà dit, mais qu'importe !)*
*Et vous êtes très gros ; et cependant,*
*Sans effort vous sautez par-dessus cette porte :*
*Père, comment pourrais-je en faire autant ?*

*« — Dans ma jeunesse, dit-il d'une voix benoîte,*
*Je gardai mon corps souple et vigoureux*
*Par le moyen de cet onguent (vingt sous la boîte) ;*
*Mon fils, veux-tu que je t'en vende deux ?*

*« — Vous êtes vieux, et vos mâchoires sont trop frêles*
*Pour rien mâcher que le gras de rognon ;*

*Yet you finished the goose, with the bones and the beak—*
*Pray, how did you manage to do it?"*

*"In my youth," said his father, "I took to the law,*
*And argued each case with my wife;*
*And the muscular strength, which it gave to my jaw,*
*Has lasted the rest of my life."*

*"You are old," said the youth; "one would hardly suppose*
*That your eye was as steady as ever;*
*Yet you balanced an eel on the end of your nose—*
*What made you so awfully clever?"*

*Vous mangeâtes pourtant, des pattes jusqu'aux ailes,*
*Une oie entière : pour quelle raison ?*

*« — Dans ma jeunesse, j'étudiais la loi sans trêve ;*
*Ma femme et moi discutions chaque cas ;*
*D'où cette force de mâchoires dont tu rêves*
*Et qui me dure depuis ce temps-là.*

*« — Vous êtes vieux, et quand on voit vos yeux en vrille,*
*Nul ne croirait que vous y voyez bien ;*
*Pourtant, sur votre nez, vous tenez une anguille*
*En équilibre… Dites-moi, par quel moyen ?*

*"I have answered three questions, and that is enough,"*
*Said his father; "don't give yourself airs!*
*Do you think I can listen all day to such stuff?*
*Be off, or I'll kick you down stairs!"*

"That is not said right," said the Caterpillar.

"Not *quite* right, I'm afraid," said Alice timidly; "some of the words have got altered."

"It is wrong from beginning to end," said the Caterpillar decidedly, and there was silence for some minutes.

The Caterpillar was the first to speak.

"What size do you want to be?" it asked.

"Oh, I'm not particular as to size," Alice hastily replied; "only one doesn't like changing so often, you know."

"I *don't* know," said the Caterpillar.

Alice said nothing: she had never been so much contradicted in her life before, and she felt that she was losing her temper.

"Are you content now?" said the Caterpillar.

"Well, I should like to be a *little* larger, sir, if you wouldn't mind," said Alice: "three inches is such a wretched height to be."

"It is a very good height indeed!" said the Caterpillar angrily, rearing itself upright as it spoke (it was exactly three inches high).

*« — J'ai déjà répondu trois fois ; cela m'assomme ;*
*N'essaie donc pas de prendre un air hautain !*
*Mon temps est trop précieux, file à l'instant, jeune homme,*
*Ou je te vais botter l'arrière-train !*

— Ça n'est pas ça du tout, fit observer la Chenille.

— J'ai bien peur que ça ne soit pas tout à fait ça, dit Alice timidement. Il y a quelques mots qui ont été changés.

— C'est inexact du début à la fin », affirma la Chenille d'un ton sans réplique. Puis, elle reprit, après quelques minutes de silence :

« Quelle taille veux-tu avoir ?

— Oh ! je ne suis pas tellement difficile pour ce qui est de la taille », répondit vivement Alice. « Ce qu'il y a d'ennuyeux c'est de changer si souvent de taille, voyez-vous.

— Non, je ne vois pas. »

Alice garda le silence : jamais elle n'avait été contredite tant de fois, et elle sentait qu'elle allait se mettre en colère.

« Es-tu satisfaite de ta taille actuelle ? demanda la Chenille.

— Ma foi, si ça vous était égal, j'aimerais bien être un tout petit peu plus grande ; huit centimètres, c'est vraiment une bien piètre taille.

— Moi, je trouve que c'est une très bonne taille ! » s'exclama la Chenille d'un ton furieux, en se dressant de toute sa hauteur. (Elle avait exactement huit centimètres.)

"But I'm not used to it!" pleaded poor Alice in a piteous tone. And she thought to herself, "I wish the creatures wouldn't be so easily offended!"

"You'll get used to it in time," said the Caterpillar; and it put the hookah into its mouth and began smoking again.

This time Alice waited patiently until it chose to speak again. In a minute or two the Caterpillar took the hookah out of its mouth, and yawned once or twice, and shook itself. Then it got down off the mushroom, and crawled away into the grass, merely remarking as it went, "One side will make you grow taller, and the other side will make you grow shorter."

"One side of *what?* The other side of *what?*" thought Alice to herself.

"Of the mushroom," said the Caterpillar, just as if she had asked it aloud; and in another moment it was out of sight.

Alice remained looking thoughtfully at the mushroom for a minute, trying to make out which were the two sides of it; and, as it was perfectly round, she found this a very difficult question. However, at last she stretched her arms round it as far as they would go, and broke off a bit of the edge with each hand.

"And now which is which?" she said to herself, and nibbled a little of the right-hand bit to try the effect: the next moment she felt a violent blow underneath her chin: it had struck her foot!

« Mais, moi, je n'y suis pas habituée ! » dit Alice d'une voix pitoyable, afin de s'excuser. Et elle pensa : « Je voudrais bien que toutes ces créatures ne se vexent pas si facilement ! »

« Tu t'y habitueras au bout d'un certain temps », affirma la Chenille. Après quoi, elle porta le narguilé à sa bouche et se remit à fumer.

Cette fois Alice attendit patiemment qu'il lui plût de parler. Au bout d'une ou deux minutes, la Chenille retira le narguilé de sa bouche, bâilla une ou deux fois, et se secoua. Puis, elle descendit du champignon et s'éloigna dans l'herbe en rampant, après avoir prononcé ces simples mots : « Un côté te fera grandir, l'autre côté te fera rapetisser. »

« Un côté de quoi ? L'autre côté de quoi ? » pensa Alice.

« Du champignon », dit la Chenille, exactement comme si la fillette avait posé ses questions à haute voix. Après quoi elle disparut.

Alice regarda pensivement le champignon pendant une bonne minute, en essayant de distinguer où se trouvaient les deux côtés ; mais, comme il était parfaitement rond, le problème lui parut bien difficile. Néanmoins, elle finit par étendre les deux bras autour du champignon aussi loin qu'elle le put, et en détacha un morceau de chaque main.

« Et maintenant, lequel des deux est le bon ? » se dit-elle. Là-dessus elle grignota un petit bout du morceau qu'elle tenait dans sa main droite, pour voir l'effet produit. L'instant d'après, elle ressentit un coup violent sous le menton : il était tombé sur ses pieds !

She was a good deal frightened by this very sudden change, but she felt that there was no time to be lost, as she was shrinking rapidly; so she set to work at once to eat some of the other bit. Her chin was pressed so closely against her foot, that there was hardly room to open her mouth; but she did it at last, and managed to swallow a morsel of the left-hand bit.

★ ★ ★

"Come, my head's free at last!" said Alice in a tone of delight, which changed into alarm in another moment, when she found that her shoulders were nowhere to be found: all she could see, when she looked down, was an immense length of neck, which seemed to rise like a stalk out of a sea of green leaves that lay far below her.

"What *can* all that green stuff be?" said Alice. "And where *have* my shoulders got to? And oh, my poor hands, how is it I can't see you?" She was moving them about as she spoke, but no result seemed to follow, except a little shaking among the distant green leaves.

As there seemed to be no chance of getting her hands up to her head, she tried to get her head down to them, and was delighted to find that her neck would bend about easily in any direction,

Terrifiée par ce changement particulièrement soudain, elle comprit qu'il n'y avait pas de temps à perdre, car elle diminuait rapidement ; en conséquence, elle entreprit de manger un peu de l'autre morceau. Son menton était tellement comprimé contre son pied qu'elle avait à peine assez de place pour ouvrir la bouche, mais elle finit par y arriver et parvint à avaler un fragment du morceau qu'elle tenait dans sa main gauche.

⋆ ⋆ ⋆

« Enfin ! ma tête est dégagée ! » s'exclama-t-elle d'un ton ravi. Mais, presque aussitôt, son ravissement se transforma en vive inquiétude lorsqu'elle s'aperçut que ses épaules ne se trouvaient nulle part : tout ce qu'elle pouvait voir en regardant vers le bas, c'était une immense étendue de cou qui semblait se dresser comme une tige au-dessus d'un océan de feuilles vertes bien loin au-dessous d'elle.

« Qu'est-ce que c'est que toute cette verdure ? poursuivit-elle. Et où donc sont passées mes épaules ? Oh ! mes pauvres mains, comment se fait-il que je ne puisse pas vous voir ? » Elle les remuait tout en parlant, mais sans obtenir d'autre résultat que d'agiter légèrement les feuillages lointains.

Comme elle semblait n'avoir aucune chance de porter ses mains à sa tête, elle essaya d'amener sa tête au niveau de ses mains, et elle fut enchantée de découvrir que son cou se tordait aisément dans toutes les directions,

like a serpent. She had just succeeded in curving it down into a graceful zigzag, and was going to dive in among the leaves, which she found to be nothing but the tops of the trees under which she had been wandering, when a sharp hiss made her draw back in a hurry: a large pigeon had flown into her face, and was beating her violently with its wings.

"Serpent!" screamed the Pigeon.

"I'm *not* a serpent!" said Alice indignantly. "Let me alone!"

"Serpent, I say again!" repeated the Pigeon, but in a more subdued tone, and added with a kind of sob, "I've tried every way, and nothing seems to suit them!"

"I haven't the least idea what you're talking about," said Alice.

"I've tried the roots of trees, and I've tried banks, and I've tried hedges," the Pigeon went on, without attending to her; "but those serpents! There's no pleasing them!"

Alice was more and more puzzled, but she thought there was no use in saying anything more till the Pigeon had finished.

"As if it wasn't trouble enough hatching the eggs," said the Pigeon; "but I must be on the look-out for serpents night and day! Why, I haven't had a wink of sleep these three weeks!"

"I'm very sorry you've been annoyed," said Alice, who was beginning to see its meaning.

comme un serpent. Elle venait de réussir à le courber vers le sol en décrivant un gracieux zigzag, et elle s'apprêtait à plonger au milieu des feuillages (qui n'étaient autres que les cimes des arbres sous lesquels elle s'était promenée quelque temps plus tôt), lorsqu'un sifflement aigu la fit reculer en toute hâte : un gros pigeon s'était jeté en plein sur son visage, et la frappait violemment de ses ailes.

« Serpent ! cria le Pigeon.

— Mais je ne suis pas un serpent ! » riposta Alice d'un ton indigné. « Laissez-moi donc tranquille !

— Serpent, je le répète ! » déclara le Pigeon d'une voix plus calme. Puis il ajouta, avec une sorte de sanglot : « J'ai tout essayé, mais rien ne semble les satisfaire !

— Je ne comprends pas du tout de quoi vous parlez, dit Alice.

— J'ai essayé les racines d'arbres, j'ai essayé les talus, j'ai essayé les haies », continua le Pigeon, sans prêter attention à elle. « Mais ces serpents ! Impossible de les satisfaire ! »

Alice était de plus en plus intriguée ; cependant elle pensa qu'il était inutile de prononcer un mot de plus avant que le Pigeon eût fini de parler.

« Comme si je n'avais pas assez de mal à couver les œufs », poursuivit-il d'un ton lamentable, « il faut encore que je reste nuit et jour sur le qui-vive à cause de ces maudits serpents ! Ma parole, voilà trois semaines que je n'ai pas fermé l'œil !

— Je suis navrée que vous ayez des ennuis », dit Alice qui commençait à comprendre.

"And just as I'd taken the highest tree in the wood," continued the Pigeon, raising its voice to a shriek, "and just as I was thinking I should be free of them at last, they must needs come wriggling down from the sky! Ugh! Serpent!"

"But I'm *not* a serpent, I tell you!" said Alice. "I'm a—— I'm a——"

"Well! *What* are you?" said the Pigeon. "I can see you're trying to invent something!"

"I—I'm a little girl," said Alice, rather doubtfully, as she remembered the number of changes she had gone through that day.

"A likely story indeed!" said the Pigeon in a tone of the deepest contempt. "I've seen a good many little girls in my time, but never *one* with such a neck as that! No, no! You're a serpent; and there's no use denying it. I suppose you'll be telling me next that you never tasted an egg!"

"I *have* tasted eggs, certainly," said Alice, who was a very truthful child; "but little girls eat eggs quite as much as serpents do, you know."

"I don't believe it," said the Pigeon; "but if they do, why then they're a kind of serpent, that's all I can say."

This was such a new idea to Alice, that she was quite silent for a minute or two, which gave the Pigeon the opportunity of adding,

« Et juste au moment où j'avais pris l'arbre le plus haut du bois », continua le Pigeon, dont la voix monta jusqu'à devenir un cri aigu, « juste au moment où je croyais être enfin débarrassé d'eux, voilà qu'ils descendent du ciel en se tortillant ! Pouah ! Sale serpent !

— Mais jc vous répète que je ne suis pas un serpent ! Je suis... je suis...

— Eh bien, parlez ! Dites-moi ce que vous êtes ! vociféra le Pigeon. Je vois bien que vous essayez d'inventer quelque chose !

— Je... je suis une petite fille », dit Alice d'une voix hésitante, car elle se rappelait tous les changements qu'elle avait subis ce jour-là.

« Comme c'est vraisemblable ! » s'exclama le Pigeon d'un ton profondément méprisant. « J'ai vu pas mal de petites filles dans ma vie, mais *aucune* n'avait un cou pareil ! Non, non ! Vous êtes un serpent, inutile de le nier. Je suppose que vous allez me raconter aussi que vous n'avez jamais goûté à un œuf !

— J'ai certainement goûté à des œufs », répliqua Alice, qui était une enfant très franche ; « mais, voyez-vous, les petites filles mangent autant d'œufs que les serpents.

— Je n'en crois rien. Pourtant, si c'est vrai, alors les petites filles sont une espèce de serpent, un point c'est tout. »

Cette idée était tellement nouvelle pour Alice qu'elle resta sans mot dire pendant une ou deux minutes, ce qui donna au Pigeon l'occasion d'ajouter :

"You're looking for eggs, I know *that* well enough; and what does it matter to me whether you're a little girl or a serpent?"

"It matters a good deal to *me*," said Alice hastily; "but I'm not looking for eggs, as it happens; and if I was, I shouldn't want *yours*: I don't like them raw."

"Well, be off, then!" said the Pigeon in a sulky tone, as it settled down again into its nest. Alice crouched down among the trees as well as she could, for her neck kept getting entangled among the branches, and every now and then she had to stop and untwist it. After a while she remembered that she still held the pieces of mushroom in her hands, and she set to work very carefully, nibbling first at one and then at the other, and growing sometimes taller and sometimes shorter, until she had succeeded in bringing herself down to her usual height.

It was so long since she had been anything near the right size, that it felt quite strange at first, but she got used to it in a few minutes, and began talking to herself as usual. "Come, there's half my plan done now! How puzzling all these changes are! I'm never sure what I'm going to be, from one minute to another! However, I've got back to my right size: the next thing is, to get into that beautiful garden—how *is* that to be done, I wonder?"

« Je sais très bien que vous cherchez des œufs ; dans ces conditions, qu'est-ce que cela peut me faire que vous soyez une petite fille ou un serpent ?

— Cela me fait beaucoup, à moi », dit Alice vivement. « Mais il se trouve justement que je ne cherche pas d'œufs ; d'ailleurs, si j'en cherchais, je ne voudrais pas de vos œufs à vous : je ne les aime pas lorsqu'ils sont crus.

— En ce cas, allez-vous-en ! » grommela le Pigeon d'un ton maussade, en s'installant de nouveau dans son nid. Alice se blottit parmi les arbres non sans peine, car son cou s'empêtrait continuellement dans les branches, et, de temps en temps, elle était obligée de s'arrêter pour le dégager. Au bout d'un moment, elle se rappela qu'elle tenait encore dans ses mains les deux morceaux de champignon ; alors elle se mit prudemment à la besogne, grignotant tantôt l'un tantôt l'autre, parfois devenant plus grande, parfois devenant plus petite, jusqu'à ce qu'elle eût réussi à retrouver sa taille normale.

Il y avait si longtemps que cela ne lui était pas arrivé qu'elle se sentit d'abord toute drôle ; mais elle s'y habitua en quelques minutes, et commença à parler toute seule, selon son habitude : « Et voilà ! j'ai réalisé la moitié de mon projet ! Comme tous ces changements sont déconcertants ! D'une minute à l'autre je ne sais jamais ce que je vais être ! En tout cas j'ai retrouvé ma taille normale ; reste maintenant à pénétrer dans le beau jardin, et ça, je me demande comment je vais m'y prendre. »

As she said this, she came suddenly upon an open place, with a little house in it about four feet high. "Whoever lives there," thought Alice, "it'll never do to come upon them *this* size: why, I should frighten them out of their wits!" So she began nibbling at the right-hand bit again, and did not venture to go near the house till she had brought herself down to nine inches high.

Comme elle disait ces mots, elle arriva brusquement dans une clairière où se trouvait une petite maison haute d'un mètre vingt environ. « Quels que soient les gens qui habitent là, pensa Alice, ça ne serait pas à faire de leur rendre visite, grande comme je suis : ils en mourraient de peur, c'est sûr ! » En conséquence, elle se remit à grignoter le morceau qu'elle tenait dans sa main droite, et ne s'aventura près de la petite maison que lorsqu'elle eut ramené sa taille à vingt centimètres.

## CHAPTER VI

### *Pig and pepper*

For a minute or two she stood looking at the house, and wondering what to do next, when suddenly a footman in livery came running out of the wood—(she considered him to be a footman because he was in livery: otherwise, judging by his face only, she would have called him a fish)—and rapped loudly at the door with his knuckles. It was opened by another footman in livery, with a round face and large eyes like a frog; and both footmen, Alice noticed, had powdered hair that curled all over their heads. She felt very curious to know what it was all about, and crept a little way out of the wood to listen.

The Fish-Footman began by producing from under his arm a great letter, nearly as large as himself, and this he handed over to the other, saying in a solemn tone, "For the Duchess. An invitation from the Queen to play croquet." The Frog-Footman repeated, in the same solemn tone, only changing the order of the words a little,

## CHAPITRE VI

### *Poivre et cochon*

Pendant une ou deux minutes elle resta à regarder la maison en se demandant ce qu'elle allait faire. Soudain un valet de pied en livrée sortit du bois en courant (elle se dit que c'était un valet de pied parce qu'il était en livrée, mais à en juger seulement d'après son visage, elle l'aurait plutôt pris pour un poisson), et frappa très fort à la porte de ses doigts repliés. Le battant fut ouvert par un autre valet de pied en livrée, au visage tout rond, aux gros yeux saillants comme ceux d'une grenouille. Alice remarqua que les deux domestiques avaient des cheveux poudrés et tout en boucles ; très curieuse de savoir de quoi il s'agissait, elle sortit du bois pour écouter.

Le Valet de pied-Poisson commença par prendre sous son bras une immense lettre, presque aussi grande que lui, puis il la tendit à l'autre en disant d'un ton solennel : « Pour la Duchesse. Une invitation de la Reine à une partie de croquet. » Le Valet de pied-Grenouille répéta du même ton solennel, mais en changeant un peu l'ordre des mots :

"From the Queen. An invitation for the Duchess to play croquet."

Then they both bowed low, and their curls got entangled together.

Alice laughed so much at this that she had to run back into the wood for fear of their hearing her, and when she next peeped out the Fish-Footman was gone, and the other was sitting on the ground near the door, staring stupidly up into the sky.

Alice went timidly up to the door, and knocked.

"There's no sort of use in knocking," said the Footman, "and that for two reasons. First, because I'm on the same side of the door as you are; secondly, because they're making such a noise inside, no one could possibly hear you." And certainly there *was* a most extraordinary noise going on within—a constant howling and sneezing,

« De la Reine. Une invitation à une partie de croquet pour la Duchesse. »

Puis tous deux s'inclinèrent très bas, et leurs boucles s'entremêlèrent.

Alice se mit à rire si fort à ce spectacle qu'elle fut obligée de regagner le bois en courant, de peur d'être entendue. Quand elle se hasarda à jeter un coup d'œil, le Valet de pied-Poisson avait disparu, et l'autre était assis sur le sol près de la porte, à regarder fixement le ciel d'un air stupide.

Alice alla timidement jusqu'à la porte et frappa un coup.

« Ce n'est pas la peine de frapper, dit le Valet de pied, et cela pour deux raisons. D'abord parce que je suis du même côté de la porte que toi ; ensuite, parce qu'il y a tellement de bruit à l'intérieur que personne ne peut t'entendre. » En effet, un vacarme vraiment extraordinaire retentissait dans la maison : un bruit continu de hurlements et d'éternuements,

and every now and then a great crash, as if a dish or kettle had been broken to pieces.

"Please, then," said Alice, "how am I to get in?"

"There might be some sense in your knocking," the Footman went on without attending to her, "if we had the door between us. For instance, if you were *inside*, you might knock, and I could let you out, you know." He was looking up into the sky all the time he was speaking, and this Alice thought decidedly uncivil. "But perhaps he can't help it," she said to herself; "his eyes are so *very* nearly at the top of his head. But at any rate he might answer questions—How am I to get in?" she repeated, aloud.

"I shall sit here," the Footman remarked, "till tomorrow——"

At this moment the door of the house opened, and a large plate came skimming out, straight at the Footman's head: it just grazed his nose, and broke to pieces against one of the trees behind him.

"——or next day, maybe," the Footman continued in the same tone, exactly as if nothing had happened.

"How am I to get in?" asked Alice again in a louder tone.

"*Are* you to get in at all?" said the Footman. "That's the first question, you know."

ponctué de temps à autre par un grand fracas, comme si on brisait un plat ou une marmite en mille morceaux.

« En ce cas, déclara Alice, pouvez-vous, je vous prie, me dire comment je dois faire pour entrer ?

— Tu n'aurais pas tort de frapper », continua le Valet de pied sans l'écouter, « si la porte était entre nous. Par exemple, si tu étais *à l'intérieur*, tu pourrais frapper, et moi je pourrais te faire sortir. » Il ne cessait pas de regarder le ciel tout en parlant, ce qu'Alice trouvait parfaitement impoli. « Après tout, pensa-t-elle, peut-être qu'il ne peut pas faire autrement : il a les yeux si près du haut de la tête ! Mais, du moins, il pourrait répondre aux questions qu'on lui pose… » « Comment dois-je faire pour entrer ? » répéta-t-elle à haute voix.

« Je vais rester assis ici jusqu'à demain », déclara-t-il.

À ce moment, la porte de la maison s'ouvrit, et une grande assiette fendit l'air, droit vers la tête du Valet de pied ; elle lui effleura le nez pour se briser enfin contre un des arbres qui se trouvaient derrière lui.

« … ou peut-être jusqu'à après-demain », continua-t-il sur le même ton, exactement comme si rien ne s'était passé.

« Comment dois-je faire pour entrer ? » demanda Alice d'une voix encore plus forte.

« Faut-il vraiment que tu entres ? riposta-t-il. Voilà la première question à poser. »

It was, no doubt: only Alice did not like to be told so. "It's really dreadful," she muttered to herself, "the way all the creatures argue. It's enough to drive one crazy!"

The Footman seemed to think this a good opportunity for repeating his remark, with variations. "I shall sit here," he said, "on and off, for days and days."

"But what am *I* to do?" said Alice.

"Anything you like," said the Footman, and began whistling.

"Oh, there's no use in talking to him," said Alice desperately: "he's perfectly idiotic!" And she opened the door and went in.

The door led right into a large kitchen, which was full of smoke from one end to the other: the Duchess was sitting on a three-legged stool in the middle, nursing a baby; the cook was leaning over the fire, stirring a large cauldron which seemed to be full of soup.

"There's certainly too much pepper in that soup!" Alice said to herself, as well as she could for sneezing.

There was certainly too much of it in the air. Even the Duchess sneezed occasionally; and as for the baby, it was sneezing and howling alternately without a moment's pause. The only two creatures in the kitchen that did not sneeze, were the cook, and a large cat which was sitting on the hearth and grinning from ear to ear.

C'était parfaitement exact, mais Alice trouva mauvais qu'on le lui rappelât. « La façon dont toutes ces créatures discutent est vraiment insupportable, murmura-t-elle. Il y a de quoi vous rendre folle ! »

Le Valet de pied eut l'air de juger que le moment était venu de répéter sa remarque, avec des variantes : « Je resterai ici sans désemparer, dit-il, pendant des jours et des jours.

— Mais que dois-je faire ?

— Ce que tu voudras », répondit-il en se mettant à siffler.

« Oh ! il est inutile de lui parler ! » s'exclama Alice en désespoir de cause. « Il est complètement idiot ! » Sur ces mots, elle ouvrit la porte et entra.

La porte donnait directement sur une grande cuisine pleine de fumée d'un bout à l'autre ; la Duchesse, assise sur un tabouret à trois pieds, était en train de bercer un bébé ; la cuisinière, penchée au-dessus du feu, remuait de la soupe dans un grand chaudron.

« Il y a certainement trop de poivre dans cette soupe ! » parvint à dire Alice, tout en éternuant tant qu'elle pouvait.

Il y en avait certainement beaucoup trop dans l'air. La Duchesse elle-même éternuait de temps à autre ; le bébé éternuait et braillait alternativement, sans interruption. Les seuls occupants de la cuisine qui n'éternuaient pas étaient la cuisinière et un gros chat, assis sur la plaque de l'âtre, qui souriait jusqu'aux oreilles.

"Please, would you tell me," said Alice, a little timidly, for she was not quite sure whether it was good manners for her to speak first, "why your cat grins like that?"

"It's a Cheshire cat," said the Duchess, "and that's why. Pig!"

She said the last word with such sudden violence that Alice quite jumped; but she saw in another moment that it was addressed to the baby, and not to her, so she took courage, and went on again:—

"I didn't know that Cheshire cats always grinned; in fact, I didn't know that cats *could* grin."

"They all can," said the Duchess; "and most of 'em do."

"I don't know of any that do," Alice said very politely, feeling quite pleased to have got into a conversation.

"You don't know much," said the Duchess; "and that's a fact."

« S'il vous plaît, madame », demanda Alice assez timidement, car elle n'était pas très sûre qu'il fût très poli de parler la première, « pourriez-vous me dire pourquoi votre chat sourit comme ça ?

— C'est un chat du comté de Chester[1], dit la Duchesse ; voilà pourquoi. Cochon ! »

Elle prononça ce dernier mot si brusquement et avec tant de violence qu'Alice sursauta ; mais elle vit tout de suite que le mot s'adressait au bébé et non pas à elle, c'est pourquoi elle reprit courage et continua :

« Je ne savais pas que les chats du comté de Chester souriaient toujours ; en fait, je ne savais pas que les chats étaient capables de sourire.

— Tous les chats sont capables de sourire, et ils sourient pour la plupart.

— Je n'en ai jamais vu sourire », dit Alice très poliment, tout heureuse de voir que la conversation était engagée.

« Tu n'as pas vu grand-chose, c'est un fait. »

Alice did not at all like the tone of this remark, and thought it would be as well to introduce some other subject of conversation. While she was trying to fix on one, the cook took the cauldron of soup off the fire, and at once set to work throwing everything within her reach at the Duchess and the baby—the fire-irons came first; then followed a shower of saucepans, plates, and dishes. The Duchess took no notice of them even when they hit her; and the baby was howling so much already, that it was quite impossible to say whether the blows hurt it or not.

"Oh, *please* mind what you're doing!" cried Alice, jumping up and down in an agony of terror. "Oh, there goes his *precious* nose!" as an unusually large saucepan flew close by it, and very nearly carried it off.

"If everybody minded their own business," said the Duchess in a hoarse growl, "the world would go round a deal faster than it does."

"Which would *not* be an advantage," said Alice, who felt very glad to get an opportunity of showing off a little of her knowledge. "Just think of what work it would make with the day and night! You see the earth takes twenty-four hours to turn round on its axis——"

"Talking of axes," said the Duchess, "chop off her head!"

Alice glanced rather anxiously at the cook,

Le ton de cette remarque déplut beaucoup à Alice qui jugea qu'il vaudrait peut-être mieux passer à un autre sujet. Pendant qu'elle essayait d'en trouver un, la cuisinière retira le chaudron du feu, puis se mit immédiatement à jeter sur la Duchesse et sur le bébé tout ce qui lui tomba sous la main : d'abord vinrent la pelle, les pincettes et le tisonnier ; ensuite, ce fut une averse de casseroles, d'assiettes et de plats. La Duchesse ne faisait aucune attention à ces objets, même lorsqu'ils la frappaient ; quant au bébé, il hurlait déjà si fort qu'il était parfaitement impossible de savoir si les coups lui faisaient mal ou non.

« Oh, je vous en supplie, prenez garde à ce que vous faites ! » s'écria Alice en bondissant d'inquiétude et de terreur. « Oh ! ça y est, cette fois c'est son pauvre petit nez ! » ajouta-t-elle en voyant une casserole particulièrement volumineuse effleurer le visage du bébé.

« Si chacun s'occupait de ses affaires », grommela la Duchesse d'une voix rauque, « la terre tournerait beaucoup plus vite qu'elle ne le fait.

— Ce qui ne nous avancerait à rien », dit Alice, tout heureuse d'étaler un peu de ses connaissances. « Pensez au désordre que ça amènerait dans la succession du jour et de la nuit ! Voyez-vous, la terre tourne sur elle-même pendant vingt-quatre heures sans relâche…

— À propos de hache, dit la Duchesse, coupez-lui donc la tête[1] ! »

Alice jeta un coup d'œil anxieux vers la cuisinière,

to see if she meant to take the hint; but the cook was busily stirring the soup, and seemed not to be listening, so she went on again: "Twenty-four hours, I *think;* or is it twelve? I——"

"Oh, don't bother *me,*" said the Duchess; "I never could abide figures."

And with that she began nursing her child again, singing a sort of lullaby to it as she did so, and giving it a violent shake at the end of every line:—

*"Speak roughly to your little boy,*
*And beat him when he sneezes;*
*He only does it to annoy,*
*Because he knows it teases."*

CHORUS
(in which the cook and the baby joined):—
*"Wow! wow! wow!"*

While the Duchess sang the second verse of the song, she kept tossing the baby violently up and down, and the poor little thing howled so, that Alice could hardly hear the words:—

*"I speak severely to my boy,*
*I beat him when he sneezes;*
*For he can thoroughly enjoy*
*The pepper when he pleases!"*

pour voir si elle avait l'intention de saisir l'allusion ; mais elle était fort occupée à remuer la soupe, et n'avait pas l'air d'écouter. C'est pourquoi Alice se hasarda à poursuivre : « Du moins, il me semble bien que c'est vingt-quatre ; ou bien est-ce douze ? Je…

— Oh, ne m'embête pas avec tes chiffres ! s'écria la Duchesse. Je n'ai jamais pu supporter les chiffres ! »

Là-dessus elle se remit à bercer son enfant, tout en lui chantant une espèce de berceuse[1] et en le secouant violemment à la fin de chaque vers :

*« Parlez rudement à votre bébé ;*
*Battez-le quand il éternue ;*
*Ce qu'il en fait, c'est pour vous embêter,*
*C'est pour cela qu'il s'évertue. »*

CHŒUR
(auquel prirent part la cuisinière et le bébé)

*« Ouah ! Ouah ! Ouah ! »*

Pendant tout le temps que la Duchesse chanta la seconde strophe de la chanson, elle n'arrêta pas de secouer violemment le bébé de haut en bas, et le pauvre petit n'arrêta pas de hurler si fort qu'Alice put à peine distinguer les paroles :

*« Je parle rudement à mon bébé ;*
*Je le bats quand il éternue ;*
*Quand il le veut, il peut apprécier*
*Le poivre qu'ici je remue. »*

CHORUS

*"Wow! wow! wow!"*

"Here! you may nurse it a bit, if you like!" said the Duchess to Alice, flinging the baby at her as she spoke. "I must go and get ready to play croquet with the Queen," and she hurried out of the room. The cook threw a fryingpan after her as she went, but it just missed her.

Alice caught the baby with some difficulty, as it was a queer-shaped little creature, and held out its arms and legs in all directions, "just like a star-fish," thought Alice. The poor little thing was snorting like a steam-engine when she caught it, and kept doubling itself up and straightening itself out again, so that altogether, for the first minute or two, it was as much as she could do to hold it.

CHŒUR

*« Ouah ! Ouah ! Ouah ! »*

— Tiens, tu peux le bercer un peu, si tu veux ! » dit la Duchesse à Alice en lui jetant l'enfant comme un paquet. « Il faut que j'aille m'apprêter pour la partie de croquet de la Reine ! » Sur ces mots, elle sortit vivement de la pièce. La cuisinière lui lança une poêle à frire au moment où elle franchissait la porte, et la manqua de peu.

Alice eut du mal à saisir le bébé qui avait une forme bizarre, et qui étendait bras et jambes dans toutes les directions, « exactement comme une étoile de mer », pensa la fillette. Le pauvre petit renâclait aussi bruyamment qu'une machine à vapeur quand elle l'attrapa ; en outre, il n'arrêtait pas de se plier en deux et de se redresser, si bien que, pendant les deux premières minutes, tout ce qu'elle put faire fut de l'empêcher de tomber.

As soon as she had made out the proper way of nursing it, (which was to twist it up into a sort of knot, and then keep tight hold of its right ear and left foot, so as to prevent its undoing itself,) she carried it out into the open air. "If I don't take this child away with me," thought Alice, "they're sure to kill it in a day or two: wouldn't it be murder to leave it behind?" She said the last words out loud, and the little thing grunted in reply (it had left off sneezing by this time). "Don't grunt," said Alice: "that's not at all a proper way of expressing yourself."

The baby grunted again, and Alice looked very anxiously into its face to see what was the matter with it. There could be no doubt that it had a *very* turn-up nose, much more like a snout than a real nose; also its eyes were getting extremely small, for a baby: altogether Alice did not like the look of the thing at all, "—but perhaps it was only sobbing," she thought, and looked into its eyes again, to see if there were any tears.

No, there were no tears. "If you're going to turn into a pig, my dear," said Alice, seriously, "I'll have nothing more to do with you. Mind now!" The poor little thing sobbed again, (or grunted, it was impossible to say which,) and they went on for some while in silence.

Dès qu'elle eut compris comment il fallait s'y prendre pour le tenir (c'est-à-dire en faire une espèce de nœud, puis le saisir ferme par l'oreille droite et par le pied gauche pour l'empêcher de se dénouer), elle l'emporta en plein air. « Si je n'emmène pas cet enfant avec moi, songea-t-elle, ces deux femmes ne manqueront pas de le tuer d'ici un jour ou deux ; ce serait un véritable meurtre que de le laisser ici. » Elle prononça ces derniers mots à haute voix, et le bébé poussa en réponse un petit grognement (il avait cessé d'éternuer à présent). « Ne grogne pas, dit Alice, ça n'est pas une façon convenable de s'exprimer. »

Le bébé poussa un second grognement, et elle le regarda bien en face d'un air inquiet pour voir ce qu'il avait. Sans aucun doute son nez extrêmement retroussé ressemblait davantage à un museau qu'à un nez véritable ; d'autre part, ses yeux étaient bien petits pour des yeux de bébé ; dans l'ensemble, l'aspect de ce nourrisson déplut beaucoup à Alice. « Mais peut-être qu'il ne faisait que sangloter », pensa-t-elle ; et elle examina ses yeux de très près pour voir s'il y avait des larmes.

Non, il n'y avait pas de larmes. « Si jamais tu te transformes en cochon, mon chéri », déclara Alice d'un ton sérieux, « je ne m'occuperai plus de toi. Fais attention à mes paroles ! » Le pauvre petit sanglota de nouveau (ou grogna, puisqu'il était impossible de faire la différence), et tous deux poursuivirent leur route quelque temps en silence.

Alice was just beginning to think to herself, "Now, what am I to do with this creature when I get it home?" when it grunted again, so violently, that she looked down into its face in some alarm. This time there could be *no* mistake about it: it was neither more nor less than a pig, and she felt that it would be quite absurd for her to carry it any further.

So she set the little creature down, and felt quite relieved to see it trot away quietly into the wood. "If it had grown up," she said to herself, "it would have made a dreadfully ugly child: but it makes rather a handsome pig, I think." And she began thinking over other children she knew, who might do very well as pigs, and was just saying to herself, "if one only knew the right way to change them——"

Alice commençait à se dire : « Que vais-je faire de cette créature quand je l'aurai emmenée à la maison ? » lorsque le bébé poussa un nouveau grognement, si fort, cette fois, qu'elle regarda son visage non sans inquiétude. Il n'y avait pas moyen de s'y tromper : c'était bel et bien un cochon, et elle sentit qu'il serait parfaitement absurde de le porter plus loin.

En conséquence, elle déposa le petit animal sur le sol et fut soulagée de le voir s'enfoncer dans le bois d'un petit trot paisible. « S'il avait

grandi, se dit-elle, ç'aurait fait un enfant horriblement laid ; mais je trouve que ça fait un assez joli cochon. » Elle se mit à penser aux autres enfants de sa connaissance qui auraient fait de très jolis cochons, et elle était en train de songer : « Si seulement on savait comment s'y prendre pour les transformer… »

when she was a little startled by seeing the Cheshire Cat sitting on a bough of a tree a few yards off.

The Cat only grinned when it saw Alice. It looked goodnatured, she thought: still it had *very* long claws and a great many teeth, so she felt it ought to be treated with respect.

"Cheshire Puss," she began, rather timidly, as she did not at all know whether it would like the name: however, it only grinned a little wider. "Come, it's pleased so far," thought Alice, and she went on, "Would you tell me, please, which way I ought to walk from here?"

"That depends a good deal on where you want to get to," said the Cat.

"I don't much care where——" said Alice.

"Then it doesn't matter which way you walk," said the Cat.

"——so long as I get *somewhere,*" Alice added as an explanation.

"Oh, you're sure to do that," said the Cat, "if you only walk long enough."

Alice felt that this could not be denied, so she tried another question. "What sort of people live about here?"

"In *that* direction," the Cat said, waving its right paw round, "lives a Hatter: and in *that* direction," waving the other paw, "lives a March Hare. Visit either you like: they're both mad."

lorsqu'elle sursauta légèrement en voyant le Chat-du-comté-de-Chester assis sur une branche d'arbre à quelques mètres d'elle.

Le Chat se contenta de sourire en voyant Alice. Elle lui trouva l'air fort aimable ; néanmoins, il avait des griffes extrêmement longues et un très grand nombre de dents, c'est pourquoi elle sentit qu'elle devait le traiter avec respect.

« Minet-du-comté-de Chester », commença-t-elle assez timidement, car elle ne savait pas trop si ce nom lui plairait. Le Chat s'étant contenté de sourire plus largement, Alice pensa : « Allons, jusqu'ici il est satisfait », et elle continua : « Voudriez-vous me dire, s'il vous plaît, par où je dois m'en aller d'ici ?

— Cela dépend beaucoup de l'endroit où tu veux aller.

— Peu m'importe l'endroit...

— En ce cas, peu importe la route que tu prendras.

— ... pourvu que j'arrive quelque part », ajouta Alice en guise d'explication.

« Oh, tu ne manqueras pas d'arriver quelque part, si tu marches assez longtemps. »

Alice comprit que c'était indiscutable ; en conséquence elle essaya une autre question :

« Quelle espèce de gens trouve-t-on dans ces parages ?

— Dans cette direction-ci », répondit le Chat, en faisant un geste de sa patte droite, « habite un Chapelier ; et dans cette direction-là » (il fit un geste de sa patte gauche), « habite un Lièvre de Mars. Tu peux aller rendre visite à l'un ou à l'autre : ils sont fous tous les deux[1].

"But I don't want to go among mad people," Alice remarked.

"Oh, you can't help that," said the Cat: "we're all mad here. I'm mad. You're mad."

"How do you know I'm mad?" said Alice.

"You must be," said the Cat, "or you wouldn't have come here."

Alice didn't think that proved it at all; however, she went on: "And how do you know that you're mad?"

"To begin with," said the Cat, "a dog's not mad. You grant that?"

"I suppose so," said Alice.

"Well, then," the Cat went on, "you see a dog growls when it's angry, and wags its tail when it's pleased. Now *I* growl when I'm pleased, and wag my tail when I'm angry. Therefore I'm mad."

"*I* call it purring, not growling," said Alice.

"Call it what you like," said the Cat. "Do you play croquet with the Queen to-day?"

"I should like it very much," said Alice, "but I haven't been invited yet."

— Mais je ne veux pas aller parmi les fous !

— Impossible de faire autrement ; nous sommes tous fous ici. Je suis fou. Tu es folle.

— Comment savez-vous que je suis folle ?

— Si tu n'étais pas folle, tu ne serais pas venue ici. »

Alice pensa que ce n'était pas une preuve, mais elle continua : « Et comment savez-vous que vous êtes fou ?

— Pour commencer, est-ce que tu m'accordes qu'un chien n'est pas fou ?

— Sans doute.

— Eh bien, vois-tu, un chien gronde lorsqu'il est en colère, et remue la queue lorsqu'il est content. Or, moi, je gronde quand je suis content, et je remue la queue quand je suis en colère. Donc, je suis fou.

— Moi j'appelle ça ronronner, pas gronder.

— Appelle ça comme tu voudras. Est-ce que tu es de la partie de croquet de la Reine, cet après-midi ?

— Je voudrais bien, mais je n'ai pas encore été invitée.

"You'll see me there," said the Cat, and vanished.

Alice was not much surprised at this, she was getting so used to queer things happening. While she was looking at the place where it had been, it suddenly appeared again.

"By-the-bye, what became of the baby?" said the Cat. "I'd nearly forgotten to ask."

"It turned into a pig," Alice answered very quietly, just as if the Cat had come back in a natural way.

"I thought it would," said the Cat, and vanished again.

Alice waited a little, half expecting to see it again, but it did not appear, and after a minute or two she walked on in the direction in which the March Hare was said to live. "I've seen hatters before," she said to herself: "the March Hare will be much the most interesting, and perhaps as this is May it won't be raving mad— at least not so mad as it was in March." As she said this, she looked up, and there was the Cat again, sitting on a branch of a tree.

"Did you say pig, or fig?" said the Cat.

"I said pig," replied Alice; "and I wish you wouldn't keep appearing and vanishing so suddenly: you make one quite giddy."

"All right," said the Cat; and this time it vanished quite slowly, beginning with the end of the tail, and ending with the grin, which remained some time after the rest of it had gone.

— Tu m'y verras », dit le Chat. Et il disparut.

Alice ne s'en étonna guère, tellement elle était habituée à voir se passer des choses bizarres. Pendant qu'elle regardait l'endroit où le Chat s'était trouvé, il réapparut.

« À propos, fit-il, qu'est devenu le bébé ? J'ai failli oublier de te le demander.

— Il s'est transformé en cochon », répondit Alice d'une voix calme, comme si c'était la chose la plus naturelle du monde.

« Ça ne m'étonne pas », déclara le Chat. Et il disparut à nouveau.

Alice attendit encore un peu, dans l'espoir de le voir réapparaître, mais il n'en fit rien, et, au bout d'une ou deux minutes, elle s'en alla vers l'endroit où on lui avait dit qu'habitait le Lièvre de Mars. « J'ai déjà vu des chapeliers, dit-elle. Le Lièvre de Mars sera beaucoup plus intéressant à voir ; comme nous sommes en mai, peut-être qu'il ne sera pas fou furieux… ; du moins peut-être qu'il sera moins fou qu'il ne l'était en mars. » Comme elle prononçait ces mots, elle leva les yeux, et voilà qu'elle aperçut le Chat, assis sur une branche.

« Est-ce que tu as dit : "cochon" ou "cocon" ? demanda-t-il[1].

— J'ai dit "cochon" ; et je voudrais bien que vous n'apparaissiez pas et ne disparaissiez pas si brusquement : ça me fait tourner la tête.

— C'est bon », dit le Chat. Et, cette fois, il disparut très lentement, en commençant par le bout de la queue et en finissant par le sourire, qui resta un bon bout de temps quand tout le reste eut disparu.

"Well! I've often seen a cat without a grin," thought Alice; "but a grin without a cat! It's the most curious thing I ever saw in all my life!"

She had not gone much farther before she came in sight of the house of the March Hare: she thought it must be the right house, because the chimneys were shaped like ears and the roof was thatched with fur. It was so large a house, that she did not like to go nearer till she had nibbled some more of the left-hand bit of mushroom, and raised herself to about two feet high: even then she walked up towards it rather timidly, saying to herself, "Suppose it should be raving mad after all! I almost wish I'd gone to see the Hatter instead!"

« Ma parole ! pensa Alice, j'ai souvent vu un chat sans un sourire, mais jamais un sourire sans un chat !... C'est la chose la plus curieuse que j'aie jamais vue de ma vie ! »

Avant d'être allée bien loin, elle aperçut la maison du Lièvre de Mars : du moins elle pensa que c'était bien sa maison parce que les cheminées étaient en forme d'oreilles, et que le toit était couvert de fourrure en guise de chaume. La maison semblait si grande qu'Alice n'osa pas approcher avant d'avoir grignoté un peu du morceau de champignon qu'elle tenait à la main gauche et d'avoir atteint soixante centimètres environ. Même alors, elle reprit son chemin assez timidement, tout en se disant : « Et s'il est fou furieux, après tout ? Je regrette presque de ne pas être allée voir le Chapelier ! »

## CHAPTER VII

### *A mad tea-party*

There was a table set out under a tree in front of the house, and the March Hare and the Hatter were having tea at it: a Dormouse was sitting between them, fast asleep, and the other two were using it as a cushion, resting their elbows on it, and talking over its head. “Very uncomfortable for the Dormouse,” thought Alice; “only, as it’s asleep, I suppose it doesn’t mind.”

The table was a large one, but the three were all crowded together at one corner of it: “No room! No room!” they cried out when they saw Alice coming. “There’s *plenty* of room!” said Alice indignantly, and she sat down in a large arm-chair at one end of the table.

“Have some wine,” the March Hare said in an encouraging tone.

Alice looked all round the table, but there was nothing on it but tea. “I don’t see any wine,” she remarked.

“There isn’t any,” said the March Hare.

## CHAPITRE VII

### *Un thé extravagant*

Sous un arbre, devant la maison, se trouvait une table servie où le Lièvre de Mars et le Chapelier étaient en train de prendre le thé ; un Loir, qui dormait profondément, était assis entre eux, et les deux autres appuyaient leurs coudes sur lui comme sur un coussin en parlant pardessus sa tête. « C'est bien incommode pour le Loir, pensa Alice ; mais, comme il dort, je suppose que ça lui est égal. »

La table était très grande ; pourtant tous trois se serraient l'un contre l'autre à un même coin. « Pas de place ! Pas de place ! » s'écrièrent-ils en voyant Alice. « Il y a de la place à revendre ! » s'écria-t-elle avec indignation. Puis elle s'assit dans un grand fauteuil à un bout de la table.

« Prends donc un peu de vin », proposa le Lièvre de Mars d'un ton encourageant.

Alice promena son regard tout autour de la table, mais elle n'aperçut que du thé. « Je ne vois pas de vin, fit-elle observer.

— Il n'y en a pas, dit le Lièvre de Mars.

"Then it wasn't very civil of you to offer it," said Alice angrily.

"It wasn't very civil of you to sit down without being invited," said the March Hare.

"I didn't know it was *your* table," said Alice; "it's laid for a great many more than three."

"Your hair wants cutting," said the Hatter. He had been looking at Alice for some time with great curiosity, and this was his first speech.

"You should learn not to make personal remarks," Alice said with some severity: "it's very rude."

The Hatter opened his eyes very wide on hearing this; but all he *said* was, "Why is a raven like a writing-desk?"

"Come, we shall have some fun now!" thought Alice. "I'm glad they've begun asking riddles—I believe I can guess that," she added aloud.

"Do you mean that you think you can find out the answer to it?" said the March Hare.

"Exactly so," said Alice.

"Then you should say what you mean," the March Hare went on.

"I do," Alice hastily replied; "at least—at least I mean what I say—that's the same thing, you know."

"Not the same thing a bit!" said the Hatter. "Why, you might just as well say that 'I see what I eat' is the same thing as 'I eat what I see'!"

— En ce cas, ce n'est pas très poli de votre part de m'en offrir », riposta Alice d'un ton furieux.

« Ce n'est pas très poli de ta part de t'asseoir sans y être invitée.

— Je ne savais pas que c'était *votre* table ; elle est mise pour plus de trois personnes.

— Tu as besoin de te faire couper les cheveux, déclara le Chapelier. » (Il y avait un bon moment qu'il la regardait avec beaucoup de curiosité, et c'étaient les premières paroles qu'il prononçait.)

« Vous ne devriez pas faire d'allusions personnelles », répliqua Alice sévèrement ; « c'est extrêmement grossier. »

Le Chapelier ouvrit de grands yeux en entendant cela ; mais il se contenta de demander : « Pourquoi est-ce qu'un corbeau ressemble à un bureau ? »

« Parfait, nous allons nous amuser ! pensa Alice. Je suis contente qu'ils aient commencé à poser des devinettes... » « Je crois que je peux deviner cela », ajouta-t-elle à haute voix.

« Veux-tu dire que tu penses pouvoir trouver la réponse ? demanda le Lièvre de Mars.

— Exactement.

— En ce cas, tu devrais dire ce que tu penses.

— Mais c'est ce que je fais », répondit Alice vivement. « Du moins... du moins... je pense ce que je dis... et c'est la même chose, n'est-ce pas ?

— Mais pas du tout ! s'exclama le Chapelier. C'est comme si tu disais que : "Je vois ce que je mange", c'est la même chose que : "Je mange ce que je vois !"

"You might just as well say," added the March Hare, "that 'I like what I get' is the same thing as 'I get what I like'!"

"You might just as well say," added the Dormouse, who seemed to be talking in his sleep, "that 'I breathe when I sleep' is the same thing as 'I sleep when I breathe'!"

"It *is* the same thing with you," said the Hatter, and here the conversation dropped, and the party sat silent for a minute, while Alice thought over all she could remember about ravens and writing-desks, which wasn't much.

The Hatter was the first to break the silence. "What day of the month is it?" he said, turning to Alice: he had taken his watch out of his pocket, and was looking at it uneasily, shaking it every now and then, and holding it to his ear.

— C'est comme si tu disais, reprit le Lièvre de Mars, que : “J'aime ce que j'ai”, c'est la même chose que : “J'ai ce que j'aime !”

— C'est comme si tu disais », ajouta le Loir (qui, semblait-il, parlait tout en dormant), « que : “Je respire quand je dors”, c'est la même chose que : “Je dors quand je respire !”

— C'est bien la même chose pour toi », dit le Chapelier au Loir. Sur ce, la conversation tomba, et tous les quatre restèrent sans parler pendant une minute, tandis qu'Alice passait en revue dans son esprit tout ce qu'elle pouvait se rappeler au sujet des corbeaux et des bureaux, et ce n'était pas grand-chose.

Le Chapelier fut le premier à rompre le silence. « Quel jour du mois sommes-nous ? » demanda-t-il en se tournant vers Alice. (Il avait tiré sa montre de sa poche et la regardait d'un air inquiet, en la secouant et en la portant à son oreille de temps à autre.)

Alice considered a little, and said, "The fourth."

"Two days wrong!" sighed the Hatter. "I told you butter wouldn't suit the works!" he added, looking angrily at the March Hare.

"It was the *best* butter," the March Hare meekly replied.

"Yes, but some crumbs must have got in as well," the Hatter grumbled: "you shouldn't have put it in with the bread-knife."

The March Hare took the watch and looked at it gloomily: then he dipped it into his cup of tea, and looked at it again: but he could think of nothing better to say than his first remark, "It was the *best* butter, you know."

Alice had been looking over his shoulder with some curiosity. "What a funny watch!" she remarked. "It tells the day of the month, and doesn't tell what o'clock it is!"

"Why should it?" muttered the Hatter. "Does *your* watch tell you what year it is?"

"Of course not," Alice replied very readily: "but that's because it stays the same year for such a long time together."

"Which is just the case with *mine,*" said the Hatter.

Alice felt dreadfully puzzled. The Hatter's remark seemed to her to have no sort of meaning in it, and yet it was certainly English.

Alice réfléchit un moment avant de répondre : « Le quatre.

— Elle retarde de deux jours ! » murmura le Chapelier en soupirant. « Je t'avais bien dit que le beurre ne conviendrait pas pour graisser les rouages ! » ajouta-t-il en regardant le Lièvre de Mars d'un air furieux.

« C'était le meilleur beurre que j'avais pu trouver », répondit l'autre d'un ton humble.

« Sans doute, mais quelques miettes ont dû entrer en même temps, grommela le Chapelier. Tu n'aurais pas dû y mettre le beurre avec le couteau à pain. »

Le Lièvre de Mars prit la montre, la regarda tristement, puis la plongea dans sa tasse de thé et la regarda de nouveau ; mais il ne trouva rien de mieux à dire que ce qu'il avait déjà dit : « C'était le *meilleur* beurre que j'avais pu trouver. »

Alice, qui avait regardé par-dessus son épaule avec curiosité, s'exclama : « Quelle drôle de montre ! Elle indique le jour du mois et elle n'indique pas l'heure !

— Pourquoi indiquerait-elle l'heure ? murmura le Chapelier. Est-ce que ta montre à toi t'indique l'année où l'on est ?

— Bien sûr que non », répondit Alice sans hésiter ; « mais c'est parce qu'elle reste dans la même année pendant très longtemps.

— Ce qui est exactement le cas de ma montre à moi », affirma le Chapelier.

Alice se sentit terriblement déconcertée : cette remarque semblait n'avoir aucun sens[1].

"I don't quite understand you," she said, as politely as she could.

"The Dormouse is asleep again," said the Hatter, and he poured a little hot tea on to its nose.

The Dormouse shook its head impatiently, and said, without opening its eyes, "Of course, of course: just what I was going to remark myself."

"Have you guessed the riddle yet?" the Hatter said, turning to Alice again.

"No, I give it up," Alice replied: "what's the answer?"

"I haven't the slightest idea," said the Hatter.

"Nor I," said the March Hare.

Alice sighed wearily. "I think you might do something better with the time," she said, "than waste it in asking riddles that have no answers."

"If you knew Time as well as I do," said the Hatter, "you wouldn't talk about wasting it. It's *him.*"

"I don't know what you mean," said Alice.

"Of course you don't!" the Hatter said, tossing his head contemptuously. "I dare say you never even spoke to Time!"

"Perhaps not," Alice cautiously replied: "but I know I have to beat time when I learn music."

"Ah! that accounts for it," said the Hatter. "He won't stand beating.

« Je ne comprends pas très bien », dit-elle aussi poliment qu'elle le put.

« Tiens, le Loir s'est rendormi », fit observer le Chapelier. Et il lui versa un peu de thé chaud sur le museau.

Le Loir secoua la tête avec impatience, puis marmotta sans ouvrir les yeux : « Bien sûr, bien sûr, c'est exactement ce que j'allais dire.

— As-tu deviné la devinette ? » demanda le Chapelier en se tournant vers Alice.

« Non, j'y renonce ; quelle est la réponse ?

— Je n'en ai pas la moindre idée, dit le Chapelier.

— Moi non plus », dit le Lièvre de Mars.

Alice poussa un soupir de lassitude. « Je crois que vous pourriez mieux employer votre temps, déclara-t-elle, que de le perdre à poser des devinettes dont vous ignorez la réponse[1].

— Si tu connaissais le Temps aussi bien que moi, dit le Chapelier, tu ne parlerais pas de le perdre. Le Temps est un être vivant.

— Je ne comprends pas ce que vous voulez dire, répondit Alice.

— Naturellement ! » s'exclama-t-il en rejetant la tête en arrière d'un air de mépris. « Je suppose bien que tu n'as jamais parlé au Temps !

— Peut-être que non », répondit-elle prudemment. « Tout ce que je sais, c'est qu'il faut que je batte les temps quand je prends ma leçon de musique[2].

— Ah ! ça explique tout. Le Temps ne supporte pas d'être battu.

Now, if you only kept on good terms with him, he'd do almost anything you liked with the clock. For instance, suppose it were nine o'clock in the morning, just time to begin lessons: you'd only have to whisper a hint to Time, and round goes the clock in a twinkling! Half-past one, time for dinner!"

("I only wish it was," the March Hare said to itself in a whisper.)

"That would be grand, certainly," said Alice thoughtfully: "but then—I shouldn't be hungry for it, you know."

"Not at first, perhaps," said the Hatter: "but you could keep it to half-past one as long as you liked."

"Is that the way *you* manage?" Alice asked.

The Hatter shook his head mournfully. "Not I!" he replied. "We quarrelled last March—— just before *he* went mad, you know——" (pointing with his teaspoon at the March Hare,) "——it was at the great concert given by the Queen of Hearts, and I had to sing

> *'Twinkle, twinkle, little bat!*
> *How I wonder what you're at!'*

You know the song, perhaps?"

"I've heard something like it," said Alice.

"It goes on, you know," the Hatter continued, "in this way:—

Si tu étais en bons termes avec lui, il ferait presque tout ce que tu voudrais de la pendule. Par exemple, suppose qu'il soit neuf heures du matin, l'heure de commencer tes leçons : tu n'as qu'à dire un mot au Temps, et les aiguilles tournent en un clin d'œil ! Voilà qu'il est une heure et demie, l'heure du déjeuner !

— Si seulement ça pouvait être l'heure du déjeuner ! murmura le Lièvre de Mars.

— Évidemment, ce serait magnifique », dit Alice d'un ton pensif ; « mais, voyez-vous, je... je n'aurais pas assez faim pour manger.

— Au début, peut-être pas, déclara le Chapelier ; mais tu pourrais faire rester la pendule sur une heure et demie aussi longtemps que tu voudrais.

— Est-ce ainsi que vous faites, vous ? »

Le Chapelier secoua négativement la tête d'un air lugubre. « Hélas, non ! répondit-il. Nous nous sommes disputés en mars dernier, juste avant que lui ne devienne fou. » (Il montra le Lièvre de Mars, de sa cuillère à thé.) « C'était au grand concert donné par la Reine de cœur, où je devais chanter :

*« Scintille, ô ma chauve-souris !*
*Que fais-tu dans le soir tout gris ?*

« Je suppose que tu connais la chanson[1] ?

— J'ai entendu quelque chose de ce genre.

— Vois-tu, elle continue comme ceci :

*'Up above the world you fly,*
*Like a teatray in the sky.*
*Twinkle, twinkle———'"*

Here the Dormouse shook itself, and began singing in its sleep *"Twinkle, twinkle, twinkle, twinkle——"* and went on so long that they had to pinch it to make it stop.

"Well, I'd hardly finished the first verse," said the Hatter, "when the Queen bawled out 'He's murdering the time! Off with his head!'"

"How dreadfully savage!" exclaimed Alice.

"And ever since that," the Hatter went on in a mournful tone, "he won't do a thing I ask! It's always six o'clock now."

A bright idea came into Alice's head. "Is that the reason so many tea-things are put out here?" she asked.

"Yes, that's it," said the Hatter with a sigh:

« *Tu voles dans le ciel d'été,*
*Comme un petit plateau à thé !*
*Scintille, scintille…* »

Ici, le Loir se secoua, et se mit à chanter tout en dormant : « *Scintille, scintille, scintille, scintille…* » Et il continua pendant si longtemps qu'ils durent le pincer pour le faire taire.

« Eh bien, j'avais à peine fini le premier vers, reprit le Chapelier, que la Reine se leva d'un bond en hurlant : "Il n'observe pas les pauses entre les mots ; il massacre le temps ! Qu'on lui coupe la tête !"

— Quelle horrible cruauté ! s'exclama Alice.

— Et depuis ce jour-là », continua le Chapelier d'un ton lugubre, « le Temps refuse de faire ce que je lui demande ! Il est toujours six heures à présent. »

Alice eut une idée lumineuse. « Est-ce pour ça qu'il y a tant de tasses à thé sur la table ? demanda-t-elle.

— Oui, c'est pour ça », répondit le Chapelier en soupirant.

"it's always tea-time, and we've no time to wash the things between whiles."

"Then you keep moving round, I suppose?" said Alice.

"Exactly so," said the Hatter: "as the things get used up."

"But when you come to the beginning again?" Alice ventured to ask.

"Suppose we change the subject," the March Hare interrupted, yawning. "I'm getting tired of this. I vote the young lady tells us a story."

"I'm afraid I don't know one," said Alice, rather alarmed at the proposal.

"Then the Dormouse shall!" they both cried. "Wake up, Dormouse!" And they pinched it on both sides at once.

The Dormouse slowly opened his eyes. "I wasn't asleep," he said in a hoarse, feeble voice: "I heard every word you fellows were saying."

"Tell us a story!" said the March Hare.

"Yes, please do!" pleaded Alice.

"And be quick about it," added the Hatter, "or you'll be asleep again before it's done."

"Once upon a time there were three little sisters," the Dormouse began in a great hurry; "and their names were Elsie, Lacie, and Tillie; and they lived at the bottom of a well——"

« C'est toujours l'heure du thé, et nous n'avons jamais pris le temps de faire la vaisselle.

— Alors, je suppose que vous faites perpétuellement le tour de la table ?

— Exactement ; à mesure que les tasses sont sales.

— Mais qu'arrive-t-il quand vous revenez aux premières tasses ?

— Si nous changions de sujet de conversation ? » répondit le Lièvre de Mars en bâillant. « Je commence à avoir assez de tout ceci. Je propose que cette jeune fille nous raconte une histoire.

— J'ai bien peur de ne pas savoir d'histoires », dit Alice un peu inquiète.

« En ce cas, le Loir va nous en raconter une ! » s'écrièrent-ils tous les deux. « Hé ! Loir ! Réveille-toi ! » Et ils le pincèrent en même temps des deux côtés.

Le Loir ouvrit lentement les yeux. « Je ne dormais pas », murmura-t-il d'une voix faible et enrouée. « J'ai entendu tout ce que vous disiez, sans en perdre un seul mot.

— Raconte-nous une histoire ! ordonna le Lièvre de Mars.

— Oh, oui ! je vous en prie ! dit Alice.

— Et tâche de te dépêcher, ajouta le Chapelier ; sans ça tu vas te rendormir avant d'avoir fini.

— Il était une fois trois petites sœurs », commença le Loir en toute hâte. « Elles se nommaient Elsie, Lacie, et Tillie[1], et elles vivaient au fond d'un puits...

"What did they live on?" said Alice, who always took a great interest in questions of eating and drinking.

"They lived on treacle," said the Dormouse, after thinking a minute or two.

"They couldn't have done that, you know," Alice gently remarked; "they'd have been ill."

"So they were," said the Dormouse; "*very* ill."

Alice tried a little to fancy to herself what such an extraordinary way of living would be like, but it puzzled her too much, so she went on: "But why did they live at the bottom of a well?"

"Take some more tea," the March Hare said to Alice, very earnestly.

"I've had nothing yet," Alice replied in an offended tone, "so I can't take more."

"You mean, you can't take *less*," said the Hatter: "it's very easy to take *more* than nothing."

"Nobody asked *your* opinion," said Alice.

"Who's making personal remarks now?" the Hatter asked triumphantly.

Alice did not quite know what to say to this: so she helped herself to some tea and bread-and-butter, and then turned to the Dormouse, and repeated her question. "Why did they live at the bottom of a well?"

— De quoi se nourrissaient-elles ? » demanda Alice qui s'intéressait toujours beaucoup au manger et au boire.

« Elles se nourrissaient de mélasse », répondit le Loir après deux minutes de réflexion.

« Voyons, ça n'est pas possible », fit observer Alice d'une voix douce. « Elles auraient été malades.

— Elles étaient malades, *très* malades. »

Alice essaya de s'imaginer à quoi pourrait bien ressembler un genre d'existence si extraordinaire, mais cela lui cassa tellement la tête qu'elle préféra continuer à poser des questions. « Pourquoi vivaient-elles au fond d'un puits ? demanda-t-elle.

— Prends donc un peu plus de thé », lui dit le Lièvre de Mars le plus sérieusement du monde.

« Je n'ai encore rien pris », répondit-elle d'un ton offensé. « Je ne peux pas prendre quelque chose de plus.

— Tu veux dire que tu ne peux pas prendre quelque chose de moins, fit observer le Chapelier ; mais il est très facile de prendre plus que rien.

— Personne ne vous a demandé votre avis, répliqua Alice.

— Qui est-ce qui fait des allusions personnelles, à présent ? » demanda le Chapelier d'un ton de triomphe.

Alice ne sut trop que répondre à cela. En conséquence, elle prit un peu de thé et de pain beurré, puis elle se tourna vers le Loir et répéta sa question : « Pourquoi vivaient-elles au fond d'un puits ? »

The Dormouse again took a minute or two to think about it, and then said, "It was a treacle-well."

"There's no such thing!" Alice was beginning very angrily, but the Hatter and the March Hare went "Sh! sh!" and the Dormouse sulkily remarked, "If you can't be civil, you'd better finish the story for yourself."

"No, please go on!" Alice said very humbly: "I won't interrupt again. I dare say there may be *one*."

"One, indeed!" said the Dormouse indignantly. However, he consented to go on. "And so these three little sisters—they were learning to draw, you know——"

"What did they draw?" said Alice, quite forgetting her promise.

"Treacle," said the Dormouse, without considering at all this time.

"I want a clean cup," interrupted the Hatter: "let's all move one place on."

He moved on as he spoke, and the Dormouse followed him: the March Hare moved into the Dormouse's place, and Alice rather unwillingly took the place of the March Hare. The Hatter was the only one who got any advantage from the change: and Alice was a good deal worse off than before, as the March Hare had just upset the milk-jug into his plate.

Alice did not wish to offend the Dormouse again, so she began very cautiously: "But I don't understand. Where did they draw the treacle from?"

De nouveau le Loir réfléchit pendant deux bonnes minutes. Ensuite il déclara : « C'était un puits de mélasse.

— Ça n'existe pas ! » s'écria Alice avec colère. Mais le Chapelier et le Lièvre de Mars firent : « Chut ! Chut ! » et le Loir observa d'un ton maussade : « Si tu ne peux pas être polie, tu ferais mieux de finir toi-même l'histoire.

— Non ! continuez, je vous en prie ! dit Alice. Je ne vous interromprai plus. Après tout, peut-être qu'il existe un puits de ce genre, un seul.

— Un seul, vraiment ! » s'exclama le Loir d'un ton indigné. Néanmoins, il consentit à continuer : « Donc, ces trois petites sœurs, vois-tu, elles apprenaient à puiser...

— Que puisaient-elles ? » demanda Alice, oubliant tout à fait sa promesse.

« De la mélasse », dit le Loir, sans prendre le temps de réfléchir, cette fois.

« Je veux une tasse propre, déclara le Chapelier. Avançons tous d'une place. »

Il avança tout en parlant, et le Loir le suivit. Le Lièvre de Mars prit la place que le Loir venait de quitter, et Alice, un peu à contrecœur, prit la place du Lièvre de Mars. Le Chapelier fut le seul à profiter du changement ; Alice se trouva bien plus mal installée qu'auparavant parce que le Lièvre de Mars venait de renverser la jatte de lait dans son assiette.

Ne voulant pas offenser le Loir de nouveau, elle commença à dire très prudemment : « Mais je ne comprends pas. Où puisaient-elles cette mélasse ?

"You can draw water out of a water-well," said the Hatter; "so I should think you could draw treacle out of a treacle-well—eh, stupid?"

"But they were *in* the well," Alice said to the Dormouse, not choosing to notice this last remark.

"Of course they were," said the Dormouse,—"well in."

This answer so confused poor Alice, that she let the Dormouse go on for some time without interrupting it.

"They were learning to draw," the Dormouse went on, yawning and rubbing its eyes, for it was getting very sleepy; "and they drew all manner of things—everything that begins with an M——"

"Why with an M?" said Alice.

"Why not?" said the March Hare.

Alice was silent.

The Dormouse had closed its eyes by this time, and was going off into a doze, but, on being pinched by the Hatter, it woke up again with a little shriek, and went on: "——that begins with an M, such as mousetraps, and the moon, and memory, and muchness—you know you say things are 'much of a muchness'—did you ever see such a thing as a drawing of a muchness?"

— On peut puiser de l'eau dans un puits d'eau, répliqua le Chapelier. Je ne vois donc pas pourquoi on ne pourrait pas puiser de la mélasse dans un puits de mélasse, hein, pauvre sotte ?

— Mais voyons, elles étaient bien au fond du puits ? » demanda Alice au Loir, en jugeant préférable de ne pas relever les deux derniers mots.

« Bien sûr, répliqua le Loir ; et puis, bien au fond. »

Cette réponse brouilla tellement les idées de la pauvre fille, qu'elle laissa le Loir continuer pendant un bon bout de temps sans l'interrompre.

« Elles apprenaient aussi à dessiner[1] », poursuivit-il en bâillant et en se frottant les yeux, car il avait très sommeil ; « et elles dessinaient toutes sortes de choses… tout ce qui commence par A[2]…

— Pourquoi par A ? demanda Alice.

— Pourquoi pas ? » rétorqua le Lièvre de Mars.

Alice ne répondit pas.

Le Loir avait fermé les yeux, et il commençait à somnoler ; mais, quand le Chapelier l'eut pincé, il s'éveilla en poussant un petit cri aigu et reprit : « … qui commence par A… par exemple : des attrape-mouches, des astres, des affections, des à-peu-près ?

"Really, now you ask me," said Alice, very much confused, "I don't think——"

"Then you shouldn't talk," said the Hatter.

This piece of rudeness was more than Alice could bear: she got up in great disgust, and walked off: the Dormouse fell asleep instantly, and neither of the others took the least notice of her going, though she looked back once or twice, half hoping that they would call after her: the last time she saw them, they were trying to put the Dormouse into the teapot.

At any rate I'll never go *there* again!" said Alice as she picked her way through the wood. "It's the stupidest tea-party I ever was at in all my life!"

Just as she said this, she noticed that one of the trees had a door leading right into it. "That's very curious!" she thought. "But everything's curious today. I think I may as well go in at once." And in she went.

— Vraiment, maintenant que vous m'en parlez », dit Alice, qui ne savait plus où elle en était, « je ne crois pas que…

— En ce cas, tu devrais te taire », fit observer le Chapelier.

Cette grossièreté était plus que la fillette n'en pouvait supporter : complètement dégoûtée, elle se leva et s'éloigna. Le Loir s'endormit immédiatement ; les deux autres ne firent pas la moindre attention au départ d'Alice, quoiqu'elle se retournât deux ou trois fois dans l'espoir qu'ils la rappelleraient. La dernière fois qu'elle les vit, ils essayaient de plonger le Loir dans la théière.

« En tout cas, je ne reviendrai jamais par ici ! » déclara-t-elle tout en cheminant dans le bois. « C'est le thé le plus stupide auquel j'aie jamais assisté de ma vie ! »

Comme elle disait ces mots, elle remarqua que l'un des arbres était muni d'une porte qui permettait d'y pénétrer. « Voilà qui est bien curieux ! pensa-t-elle. Mais tout est curieux aujourd'hui. Je crois que je ferais aussi bien d'entrer tout de suite. » Et elle entra.

Once more she found herself in the long hall, and close to the little glass table. "Now, I'll manage better this time," she said to herself, and began by taking the little golden key, and unlocking the door that led into the garden. Then she went to work nibbling at the mushroom (she had kept a piece of it in her pocket) till she was about a foot high: then she walked down the little passage: and *then*—she found herself at last in the beautiful garden, among the bright flowerbeds and the cool fountains.

Une fois de plus, elle se trouva dans la longue salle, tout près de la petite table de verre. « Cette fois-ci, je vais m'y prendre un peu mieux », se dit-elle. Elle commença par s'emparer de la petite clé d'or et par ouvrir la porte qui donnait sur le jardin. Puis elle se mit à grignoter le champignon (dont elle avait gardé un morceau dans sa poche) jusqu'à ce qu'elle n'eût plus que trente centimètres ; puis elle traversa le petit corridor ; et puis… elle se trouva enfin dans le beau jardin, au milieu des parterres de fleurs aux couleurs vives et des fraîches fontaines.

## CHAPTER VIII

### *The Queen's croquet-ground*

A large rose-tree stood near the entrance of the garden: the roses growing on it were white, but there were three gardeners at it, busily painting them red. Alice thought this a very curious thing, and she went nearer to watch them, and just as she came up to them she heard one of them say, "Look out now, Five! Don't go splashing paint over me like that!"

"I couldn't help it," said Five in a sulky tone; "Seven jogged my elbow."

On which Seven looked up and said, "That's right, Five! Always lay the blame on others!"

"*You'd* better not talk!" said Five. "I heard the Queen say only yesterday you deserved to be beheaded!"

"What for?" said the one who had spoken first.

## CHAPITRE VIII

### *Le terrain de croquet de la Reine*

Un grand rosier se dressait près de l'entrée du jardin ; il était tout couvert de roses blanches, mais trois jardiniers s'affairaient à les peindre en rouge. Ceci sembla très curieux à Alice qui s'approcha pour les regarder faire, et, juste au moment où elle arrivait à leur hauteur, elle entendit l'un d'eux qui disait : « Fais donc attention, Cinq ! ne m'éclabousse pas de peinture comme ça !

— Je ne l'ai pas fait exprès », répondit l'autre d'un ton maussade. « C'est Sept qui m'a poussé le coude. »

Sur quoi, Sept leva les yeux et déclara : « C'est ça, ne te gêne pas, Cinq ! Tu prétends toujours que c'est la faute des autres !

— Toi, tu ferais mieux de te taire ! répliqua Cinq. Pas plus tard qu'hier j'ai entendu la Reine dire que tu méritais qu'on te coupe la tête.

— Et pourquoi ? » demanda celui qui avait parlé le premier.

"That's none of *your* business, Two!" said Seven.

"Yes, it *is* his business!" said Five, "and I'll tell him—it was for bringing the cook tulip-roots instead of onions."

Seven flung down his brush, and had just begun, "Well, of all the unjust things—" when his eye chanced to fall upon Alice, as she stood watching them, and he checked himself suddenly: the others looked round also, and all of them bowed low.

"Would you tell me please," said Alice, a little timidly, "why you are painting those roses?"

Five and Seven said nothing, but looked at Two. Two began in a low voice, "Why, the fact is, you see, Miss, this here ought to have been a *red* rose-tree, and we put a white one in by mistake,

« Ça, ça ne te regarde pas, Deux ! répondit Sept.

— Parfaitement que ça le regarde ! déclara Cinq. Et je vais lui dire pourquoi : parce que tu as apporté à la cuisinière des oignons de tulipes au lieu d'oignons ordinaires. »

Sept jeta son pinceau, et il venait de dire : « Ma parole, de toutes les calomnies… », lorsque ses yeux se posèrent par hasard sur Alice en train de les regarder. Il s'interrompit brusquement, les deux autres se retournèrent, et tous firent une profonde révérence.

« Voudriez-vous me dire », demanda Alice un peu timidement, « pourquoi vous peignez ces roses ? »

Cinq et Sept restèrent muets, et se tournèrent vers Deux qui commença à voix basse : « Ma foi, voyez-vous, mam'selle, pour dire la vérité vraie, ce rosier-là, ç'aurait dû être un rosier *rouge*, et nous en avons planté un blanc par erreur ;

and if the Queen was to find it out, we should all have our heads cut off, you know. So you see, Miss, we're doing our best, afore she comes, to—" At this moment Five, who had been anxiously looking across the garden, called out "The Queen! The Queen!" and the three gardeners instantly threw themselves flat upon their faces. There was a sound of many footsteps, and Alice looked round, eager to see the Queen.

First came ten soldiers carrying clubs; these were all shaped like the three gardeners, oblong and flat, with their hands and feet at the corners: next the ten courtiers; these were ornamented all over with diamonds, and walked two and two, as the soldiers did. After these came the royal children; there were ten of them, and the little dears came jumping merrily along hand in hand, in couples: they were all ornamented with Hearts. Next came the guests, mostly Kings and Queens, and among them Alice recognised the White Rabbit: it was talking in a hurried nervous manner, smiling at everything that was said, and went by without noticing her. Then followed the Knave of Hearts, carrying the King's crown on a crimson velvet cushion; and, last of all this grand procession, came THE KING AND QUEEN OF HEARTS.

Alice was rather doubtful whether she ought not to lie down on her face like the three gardeners, but she could not remember ever having heard of such a rule at processions;

et si la Reine venait à s'en apercevoir, on aurait tous la tête coupée, voyez-vous. Aussi, voyez-vous, mam'selle, on fait de notre mieux, devant qu'elle arrive, pour… » À ce moment, Cinq, qui regardait avec anxiété vers le fond du jardin, se mit à crier : « La Reine ! La Reine ! » et les trois jardiniers se jetèrent immédiatement à plat ventre. On entendit un bruit de pas nombreux, et Alice, qui mourait d'envie de voir la Reine, se retourna.

Venaient d'abord, armés de gourdins, dix soldats ayant la même forme que les trois jardiniers : plats et rectangulaires, avec des pieds et des mains aux quatre coins. Venaient ensuite dix courtisans, aux habits constellés de diamants, qui marchaient deux par deux comme les soldats. Après eux, venaient les enfants royaux ; il y en avait dix, et ces petits amours avançaient par couples, la main dans la main, en sautant gaiement : ils étaient ornés de cœurs[1] de la tête aux pieds. À leur suite venaient les invités, pour la plupart des Rois et des Reines. Parmi eux Alice reconnut le Lapin Blanc : il parlait vite, d'un ton nerveux, en souriant à tout ce qu'on disait ; il passa près d'Alice sans faire attention à elle. Derrière les invités s'avançait le Valet de Cœur, qui portait la couronne du Roi sur un coussin de velours rouge ; et, à la fin de ce cortège imposant, venaient LE ROI ET LA REINE DE CŒUR.

Alice se demanda si elle ne devrait pas s'aplatir le visage contre terre, comme les trois jardiniers, mais elle ne put se rappeler avoir jamais entendu dire que c'était la règle quand un cortège passait.

"and besides, what would be the use of a procession," she thought, "if people had all to lie down on their faces, so that they couldn't see it?" So she stood where she was, and waited.

When the procession came opposite to Alice, they all stopped and looked at her, and the Queen said severely, "Who is this?" She said it to the Knave of Hearts, who only bowed and smiled in reply.

"Idiot!" said the Queen, tossing her head impatiently; and, turning to Alice, she went on, "What's your name, child?"

« D'ailleurs, pensa-t-elle, à quoi servirait un cortège, si chacun devait se jeter le visage contre terre et ne pouvait pas le voir passer ? » Elle resta donc immobile à sa place, et attendit.

Quand ces divers personnages arrivèrent à sa hauteur, tous s'arrêtèrent pour la regarder, et la Reine demanda d'une voix sévère : « Qui est-ce ? » Elle dit cela au Valet de Cœur qui, pour toute réponse, se contenta de s'incliner en souriant.

« Imbécile ! » s'exclama la Reine, en rejetant la tête en arrière d'un air impatient. Puis, se tournant vers Alice, elle continua : « Comment t'appelles-tu, mon enfant ?

"My name is Alice, so please your Majesty," said Alice very politely; but she added, to herself, "Why, they're only a pack of cards, after all. I needn't be afraid of them!"

"And who are *these?*" said the Queen, pointing to the three gardeners who were lying round the rose-tree; for you see, as they were lying on their faces, and the pattern on their backs was the same as the rest of the pack, she could not tell whether they were gardeners, or soldiers, or courtiers, or three of her own children.

"How should *I* know?" said Alice, surprised at her own courage. "It's no business of *mine*."

The Queen turned crimson with fury, and, after glaring at her for a moment like a wild beast, began screaming, "Off with her head! Off—"

"Nonsense!" said Alice, very loudly and decidedly, and the Queen was silent.

The King laid his hand upon her arm, and timidly said, "Consider, my dear: she is only a child!"

The Queen turned angrily away from him, and said to the Knave, "Turn them over!"

The Knave did so, very carefully, with one foot.

"Get up!" said the Queen in a shrill, loud voice, and the three gardeners instantly jumped up,

— Je m'appelle Alice, plaise à Votre Majesté », répondit la fillette très poliment. Mais elle ajouta, en elle-même : « Après tout, ces gens-là ne sont qu'un jeu de cartes. Je n'ai pas besoin d'avoir peur d'eux. »

« Et qui sont ceux-là ? » demanda la Reine, en montrant du doigt les trois jardiniers étendus autour du rosier. (Car, voyez-vous, comme ils étaient couchés le visage contre terre et comme le dessin de leur dos était le même que celui des autres cartes du jeu, elle ne pouvait distinguer si c'étaient des jardiniers, des courtisans, ou trois de ses propres enfants.)

« Comment voulez-vous que je le sache ? » répondit Alice, surprise de son courage. « Ce n'est pas mon affaire, à moi. »

La Reine devint écarlate de fureur, puis, après avoir regardé férocement la fillette comme une bête sauvage, elle se mit à hurler : « Qu'on lui coupe la tête ! Qu'on lui…

— Quelle bêtise ! » s'exclama Alice d'une voix forte et décidée. La Reine se tut aussitôt.

Le Roi lui mit la main sur le bras en murmurant timidement : « Réfléchissez un peu, ma chère amie : ce n'est qu'une enfant ! »

Elle se détourna de lui d'un air courroucé, et ordonna au Valet : « Retournez-les ! »

Le Valet les retourna, très prudemment, du bout du pied.

« Debout ! » cria la Reine d'une voix forte et perçante. Sur ce, les trois jardiniers se dressèrent d'un bond sans plus attendre ;

and began bowing to the King, the Queen, the royal children, and everybody else.

"Leave off that!" screamed the Queen. "You make me giddy." And then, turning to the rose-tree, she went on, "What *have* you been doing here?"

"May it please your Majesty," said Two, in a very humble tone, going down on one knee as he spoke, "we were trying—"

"*I* see!" said the Queen, who had meanwhile been examining the roses. "Off with their heads!" and the procession moved on, three of the soldiers remaining behind to execute the unfortunate gardeners, who ran to Alice for protection.

"You shan't be beheaded!" said Alice, and she put them into a large flower-pot that stood near. The three soldiers wandered about for a minute or two, looking for them, and then quietly marched off after the others.

"Are their heads off?" shouted the Queen.

"Their heads are gone, if it please your Majesty!" the soldiers shouted in reply.

"That's right!" shouted the Queen. "Can you play croquet?"

The soldiers were silent, and looked at Alice, as the question was evidently meant for her.

"Yes!" shouted Alice.

après quoi, ils se mirent à s'incliner devant le Roi, la Reine, les enfants royaux, et tous les personnages du cortège.

« Arrêtez ! ordonna la Reine. Vous me donnez le vertige. » Puis, se tournant vers le rosier, elle poursuivit : « Qu'étiez-vous donc en train de faire ?

— Plaise à Votre Majesté », commença Deux, d'une voix très humble, en mettant un genou en terre, « nous essayions…

— Je comprends ! » dit la Reine, qui avait examiné les roses. « Qu'on leur coupe la tête ! » Sur ces mots, le cortège se remit en route, à l'exception de trois soldats qui restèrent en arrière pour exécuter les infortunés jardiniers. Ceux-ci se précipitèrent vers Alice pour implorer sa protection.

« Je ne veux pas qu'on leur coupe la tête ! » s'exclama-t-elle en les mettant dans un grand pot à fleurs qui se trouvait là. Les trois soldats les cherchèrent dans toutes les directions pendant une ou deux minutes, puis ils s'en allèrent tranquillement à la suite du cortège.

« Est-ce qu'on leur a coupé la tête ? cria la Reine.

— Leur tête a disparu[1], plaise à Votre Majesté ! répondirent les soldats.

— C'est parfait ! brailla la Reine. Sais-tu jouer au croquet ? »

Les soldats restèrent silencieux et regardèrent Alice car c'était évidemment à elle que s'adressait la question.

« Oui ! vociféra-t-elle.

"Come on then!" roared the Queen, and Alice joined the procession, wondering very much what would happen next.

"It's—it's a very fine day!" said a timid voice at her side. She was walking by the White Rabbit, who was peeping anxiously into her face.

"Very," said Alice. "Where's the Duchess?"

"Hush! Hush!" said the Rabbit in a low, hurried tone. He looked anxiously over his shoulder as he spoke, and then raised himself upon tiptoe, put his mouth close to her ear, and whispered, "She's under sentence of execution."

"What for?" said Alice.

"Did you say 'What a pity!'?" the Rabbit asked.

"No, I didn't," said Alice: "I don't think it's at all a pity. I said 'What for?'"

"She boxed the Queen's ears—" the Rabbit began. Alice gave a little scream of laughter. "Oh, hush!" the Rabbit whispered in a frightened tone. "The Queen will hear you! You see she came rather late, and the Queen said—"

"Get to your places!" shouted the Queen in a voice of thunder, and people began running about in all directions, tumbling up against each other:

— Alors, arrive ! » hurla la Reine.

Et Alice se joignit au cortège, en se demandant bien ce qui allait se passer ensuite.

« Il… il fait très beau aujourd'hui ! » murmura une voix timide tout près d'elle. C'était le Lapin Blanc, qui marchait à son côté et fixait sur elle un regard anxieux.

« Très beau, dit Alice. Où est donc la Duchesse ?

— Chut ! Chut ! » murmura vivement le Lapin, en regardant derrière lui d'un air craintif. Puis, se dressant sur la pointe des pieds, il mit sa bouche contre l'oreille d'Alice et ajouta à voix basse : « Elle a été condamnée à avoir la tête coupée.

— Quel carnage !

— Avez-vous dit : “Quel dommage !” ?

— Non, je ne trouve pas que ce soit du tout dommage. Mais qu'a-t-elle donc fait ?

— Elle a giflé la Reine… », commença le Lapin. Comme Alice se mettait à rire aux éclats, il murmura d'une voix craintive : « Chut ! je vous en prie ! La Reine va vous entendre ! Voyez-vous, la Duchesse était arrivée en retard, et la Reine lui a dit…

— Prenez vos places ! » cria la Reine d'une voix de tonnerre. Sur quoi, tous se mirent à courir dans tous les sens, en se cognant les uns contre les autres.

however, they got settled down in a minute or two, and the game began.

Alice thought she had never seen such a curious croquet-ground in her life: it was all ridges and furrows; the croquet-balls were live hedgehogs, the mallets live flamingoes, and the soldiers had to double themselves up and to stand on their hands and feet, to make the arches.

The chief difficulty Alice found at first was in managing her flamingo: she succeeded in getting its body tucked away, comfortably enough, under her arm, with its legs hanging down, but generally, just as she had got its neck nicely straightened out, and was going to give the hedgehog a blow with its head, it *would* twist itself round and look up into her face, with such a puzzled expression that she could not help bursting out laughing: and when she had got its head down, and was going to begin again, it was very provoking to find that the hedgehog had unrolled itself, and was in the act of crawling away: besides all this, there was generally a ridge or furrow in the way wherever she wanted to send the hedgehog to, and, as the doubled-up soldiers were always getting up and walking off to other parts of the ground, Alice soon came to the conclusion that it was a very difficult game indeed.

The players all played at once without waiting for turns, quarrelling all the while, and fighting for the hedgehogs;

Néanmoins, au bout d'une ou deux minutes, chacun se trouva à son poste et la partie commença.

Alice n'avait jamais vu un terrain de croquet aussi bizarre : il était tout en creux et en bosses ; les boules étaient des hérissons vivants ; les maillets, des flamants vivants ; et les soldats devaient se courber en deux, pieds et mains placés sur le sol, pour former les arceaux.

Dès le début, Alice trouva que le plus difficile était de se servir de son flamant : elle arrivait sans trop de mal à le tenir à plein corps sous son bras, les pattes pendantes, mais, généralement, au moment précis où, après lui avoir mis le cou bien droit, elle s'apprêtait à cogner sur le hérisson avec sa tête, le flamant ne manquait pas de se retourner et de la regarder bien en face d'un air si intrigué qu'elle ne pouvait s'empêcher de rire ; d'autre part, quand elle lui avait fait baisser la tête et s'apprêtait à recommencer, elle trouvait on ne peut plus exaspérant de s'apercevoir que le hérisson s'était déroulé et s'éloignait lentement ; de plus, il y avait presque toujours un creux ou une bosse à l'endroit où elle se proposait d'envoyer le hérisson ; et comme, en outre, les soldats courbés en deux n'arrêtaient pas de se redresser pour s'en aller vers d'autres parties du terrain, Alice en vint bientôt à conclure que c'était vraiment un jeu très difficile.

Les joueurs jouaient tous en même temps sans attendre leur tour ; ils se disputaient sans arrêt et s'arrachaient les hérissons.

and in a very short time the Queen was in a furious passion, and went stamping about, and shouting, "Off with his head!" or "Off with her head!" about once in a minute.

Alice began to feel very uneasy: to be sure, she had not as yet had any dispute with the Queen, but she knew that it might happen any minute, "and then," thought she, "what would become of me? They're dreadfully fond of beheading people here: the great wonder is, that there's any one left alive!"

She was looking about for some way of escape,

Au bout d'un instant la Reine, entrant dans une furieuse colère, parcourut le terrain en tapant du pied et en criant : « Qu'on lui coupe la tête ! Qu'on lui coupe la tête ! » à peu près une fois par minute.

Alice commençait à se sentir très inquiète ; à vrai dire, elle ne s'était pas encore disputée avec la Reine, mais elle savait que cela pouvait arriver d'un moment à l'autre. « Et dans ce cas, pensait-elle, qu'est-ce que je deviendrais ? Ils sont terribles, avec leur manie de couper la tête aux gens ; ce qui est vraiment extraordinaire, c'est qu'il y ait encore des survivants ! »

Elle était en train de regarder autour d'elle pour voir s'il y avait moyen de s'échapper,

and wondering whether she could get away without being seen, when she noticed a curious appearance in the air: it puzzled her very much at first, but after watching it a minute or two she made it out to be a grin, and she said to herself, “It’s the Cheshire Cat: now I shall have somebody to talk to.”

“How are you getting on?” said the Cat, as soon as there was mouth enough for it to speak with.

Alice waited till the eyes appeared, and then nodded. “It’s no use speaking to it,” she thought, “till its ears have come, or at least one of them.” In another minute the whole head appeared, and then Alice put down her flamingo, and began an account of the game, feeling very glad she had some one to listen to her. The Cat seemed to think that there was enough of it now in sight, and no more of it appeared.

“I don’t think they play at all fairly,” Alice began, in rather a complaining tone, “and they all quarrel so dreadfully one can’t hear one’s-self speak—and they don’t seem to have any rules in particular; at least, if there are, nobody attends to them—and you’ve no idea how confusing it is all the things being alive; for instance, there’s the arch I’ve got to go through next walking about at the other end of the ground—

en se demandant si elle pourrait s'éloigner sans qu'on s'en aperçût, lorsqu'elle remarqua une curieuse apparition dans l'air. Elle fut tout d'abord intriguée, car elle n'arrivait pas à distinguer ce que c'était, mais, après avoir regardé attentivement pendant une ou deux minutes, elle comprit que c'était un sourire, et elle pensa : « C'est le Chat du comté de Chester : je vais enfin pouvoir parler à quelqu'un. »

« Comment vas-tu ? » dit le Chat, dès qu'il eut assez de bouche pour parler.

Alice attendit l'apparition de ses yeux pour le saluer d'un signe de tête. « Il est inutile de lui parler, pensa-t-elle, avant que ses oreilles ne se montrent, du moins une des deux. » Au bout d'une minute, toute la tête était visible ; Alice posa alors son flamant et se mit à raconter la partie de croquet, tout heureuse d'avoir quelqu'un qui voulût bien l'écouter. Le Chat jugea sans doute qu'on voyait une partie suffisante de sa personne, et il n'en apparut pas davantage.

« Je trouve qu'ils ne jouent pas du tout honnêtement », commença-t-elle d'un ton assez mécontent ; « et ils se disputent d'une façon si épouvantable qu'on ne peut pas s'entendre parler ; et on dirait qu'il n'y a aucune règle du jeu (en tout cas, s'il y en a, personne ne les suit) ; et vous ne pouvez pas vous imaginer combien c'est déconcertant d'avoir affaire à des êtres vivants : par exemple, l'arceau sous lequel doit passer ma boule est en train de se promener à l'autre bout du terrain,

and I should have croqueted the Queen's hedgehog just now, only it ran away when it saw mine coming!"

"How do you like the Queen?" said the Cat in a low voice.

"Not at all," said Alice: "she's so extremely—" Just then she noticed that the Queen was close behind her, listening: so she went on "—likely to win, that it's hardly worth while finishing the game."

The Queen smiled and passed on.

"Who *are* you talking to?" said the King, coming up to Alice, and looking at the Cat's head with great curiosity.

"It's a friend of mine—a Cheshire Cat," said Alice: "allow me to introduce it."

"I don't like the look of it at all," said the King: "however, it may kiss my hand if it likes."

"I'd rather not," the Cat remarked.

"Don't be impertinent," said the King, "and don't look at me like that!" He got behind Alice as he spoke.

"A cat may look at a king," said Alice. "I've read that in some book, but I don't remember where."

"Well, it must be removed," said the King very decidedly, and he called the Queen, who was passing at the moment, "My dear! I wish you would have this cat removed!"

et je suis sûre que j'aurais croqué le hérisson de la Reine il y a un instant, mais il s'est enfui en voyant arriver le mien !

— Que penses-tu de la Reine ? » demanda le Chat à voix basse.

« Elle ne me plaît pas du tout ; elle est tellement... » Juste à ce moment, elle s'aperçut que la Reine était tout près derrière eux, en train d'écouter ; c'est pourquoi elle continua ainsi : « ... sûre de gagner que c'est presque inutile de finir la partie. »

La Reine passa son chemin en souriant.

« À qui diable parles-tu ? » demanda le Roi, en s'approchant d'Alice et en regardant la tête du Chat avec beaucoup de curiosité.

« C'est un de mes amis... un Chat du comté de Chester. Permettez-moi de vous le présenter.

— Je n'aime pas du tout sa mine, déclara le Roi. Néanmoins, je l'autorise à me baiser la main, s'il le désire.

— J'aime mieux pas, riposta le Chat.

— Ne faites pas l'impertinent, dit le Roi. Et ne me regardez pas comme ça ! » ajouta-t-il en se mettant derrière Alice.

« Un chat peut bien regarder un roi, fit-elle observer. J'ai lu ça dans un livre, je ne me rappelle plus où.

— C'est possible, mais il faut le faire disparaître », affirma le Roi d'un ton décidé. Puis il cria à la Reine qui se trouvait à passer à ce moment : « Ma chère amie, je voudrais bien que vous fassiez disparaître ce chat ! »

The Queen had only one way of settling all difficulties, great or small. "Off with his head!" she said without even looking round.

"I'll fetch the executioner myself," said the King eagerly, and he hurried off.

Alice thought she might as well go back and see how the game was going on, as she heard the Queen's voice in the distance, screaming with passion. She had already heard her sentence three of the players to be executed for having missed their turns, and she did not like the look of things at all, as the game was in such confusion that she never knew whether it was her turn or not. So she went off in search of her hedgehog.

The hedgehog was engaged in a fight with another hedgehog, which seemed to Alice an excellent opportunity for croqueting one of them with the other: the only difficulty was, that her flamingo was gone across to the other side of the garden, where Alice could see it trying in a helpless sort of way to fly up into a tree.

By the time she had caught the flamingo and brought it back, the fight was over, and both the hedgehogs were out of sight: "but it doesn't matter much," thought Alice, "as all the arches are gone from this side of the ground." So she tucked it away under her arm, that it might not escape again, and went back to have a little more conversation with her friend.

La Reine ne connaissait qu'une seule façon de résoudre toutes les difficultés. « Qu'on lui coupe la tête ! » cria-t-elle, sans même se retourner.

« Je vais aller chercher le bourreau moi-même », dit le Roi avec empressement. Et il s'éloigna en toute hâte.

Alice pensa qu'elle ferait tout aussi bien de rejoindre les joueurs pour voir où en était la partie, car elle entendait dans le lointain la voix de la Reine qui hurlait de colère. Elle l'avait déjà entendue condamner trois des joueurs à avoir la tête coupée parce qu'ils avaient laissé passer leur tour, et cela ne lui plaisait pas beaucoup car la partie était tellement embrouillée qu'elle ne savait jamais si c'était son tour ou non. En conséquence, elle se mit à la recherche de son hérisson.

Celui-ci livrait bataille à un autre hérisson, et Alice vit là une excellente occasion de croquer l'un et l'autre : le seul ennui était que son flamant se trouvait à l'autre extrémité du jardin, où elle pouvait le voir qui essayait vainement de s'envoler pour se percher sur un arbre.

Avant qu'elle n'eût attrapé et ramené le flamant, la bataille était terminée, et les deux hérissons avaient disparu. « Mais ça n'a pas une grande importance, pensa-t-elle, puisqu'il ne reste plus un seul arceau de ce côté-ci du terrain. » Elle fourra le flamant sous son bras pour l'empêcher de s'échapper de nouveau, puis revint vers son ami pour continuer la conversation.

When she got back to the Cheshire Cat, she was surprised to find quite a large crowd collected round it: there was a dispute going on between the executioner, the King, and the Queen, who were all talking at once, while all the rest were quite silent, and looked very uncomfortable.

The moment Alice appeared, she was appealed to by all three to settle the question, and they repeated their arguments to her, though, as they all spoke at once, she found it very hard to make out exactly what they said.

The executioner's argument was, that you couldn't cut off a head unless there was a body to cut it off from: that he had never had to do such a thing before, and he wasn't going to begin at *his* time of life.

The King's argument was, that anything that had a head could be beheaded, and that you weren't to talk nonsense.

The Queen's argument was, that if something wasn't done about it in less than no time, she'd have everybody executed, all round. (It was this last remark that had made the whole party look so grave and anxious.)

Alice could think of nothing else to say but "It belongs to the Duchess: you'd better ask *her* about it."

"She's in prison," the Queen said to the executioner: "fetch her here." And the executioner went off like an arrow.

Quand elle arriva à l'endroit où se trouvait le Chat du comté de Chester, elle fut fort étonnée de voir qu'une foule nombreuse l'entourait : le bourreau, le Roi et la Reine se disputaient en parlant tous à la fois, tandis que le reste de l'assistance se taisait d'un air extrêmement gêné.

Dès qu'Alice apparut, les trois personnages firent appel à elle pour régler le différend. Chacun lui exposa ses arguments, mais, comme ils parlaient tous à la fois, elle eut beaucoup de mal à comprendre exactement ce qu'ils disaient.

Le bourreau déclarait qu'il était impossible de couper une tête s'il n'y avait pas un corps dont on pût la séparer, qu'il n'avait jamais rien fait de semblable jusqu'à présent, et qu'il n'allait sûrement pas commencer à *son* âge.

Le Roi déclarait que tout ce qui avait une tête pouvait être décapité, et qu'il ne fallait pas raconter de bêtises.

La Reine déclarait que si on ne prenait pas une décision en un rien de temps, elle ferait exécuter tout le monde autour d'elle. (Cette dernière remarque expliquait l'air grave et inquiet de l'assistance.)

Alice ne put trouver autre chose à dire que ceci : « Le Chat appartient à la Duchesse ; c'est à *elle* que vous feriez mieux de vous adresser.

— Elle est en prison », dit la Reine au bourreau. « Allez la chercher et amenez-la ici. »

Sur ces mots, le bourreau fila comme une flèche.

The Cat's head began fading away the moment he was gone, and, by the time he had come back with the Duchess, it had entirely disappeared: so the King and the executioner ran wildly up and down looking for it, while the rest of the party went back to the game.

Dès qu'il fut parti, la tête du Chat commença à s'évanouir ; avant que le bourreau ne fût revenu avec la Duchesse, elle avait complètement disparu ; le Roi et le bourreau se mirent à courir comme des fous dans tous les sens pour la retrouver, et le reste de l'assistance s'en alla reprendre la partie interrompue.

## CHAPTER IX

### *The mock turtle's story*

"You can't think how glad I am to see you again, you dear old thing!" said the Duchess, as she tucked her arm affectionately into Alice's, and they walked off together.

Alice was very glad to find her in such a pleasant temper, and thought to herself that perhaps it was only the pepper that had made her so savage when they met in the kitchen. "When *I'm* a Duchess," she said to herself, (not in a very hopeful tone though), "I won't have any pepper in my kitchen *at all*. Soup does very well without—Maybe it's always pepper that makes people hot-tempered," she went on, very much pleased at having found out a new kind of rule, "and vinegar that makes them sour—and camomile that makes them bitter—and—and barley-sugar and such things that make children sweet-tempered. I only wish people knew *that:* then they wouldn't be so stingy about it, you know—"

# CHAPITRE IX

## *Histoire de la simili-tortue*[1]

« Tu ne saurais croire combien je suis heureuse de te revoir, ma vieille ! » dit la Duchesse, tout en glissant affectueusement son bras sous celui d'Alice et en s'éloignant avec elle.

Alice fut enchantée de la trouver de si charmante humeur ; elle se dit que c'était peut-être le poivre qui l'avait rendue si furieuse lorsqu'elle l'avait vue pour la première fois dans la cuisine. « Moi, quand je serai Duchesse », pensa-t-elle (mais sans beaucoup de conviction), « je n'aurai pas un seul grain de poivre dans ma cuisine. La soupe est tout aussi bonne sans poivre... Peut-être que c'est toujours le poivre qui rend les gens furieux », continua-t-elle, ravie d'avoir découvert une nouvelle règle, « et le vinaigre qui les rend aigres..., et la camomille qui les rend amers..., et... et le sucre d'orge et les friandises qui rendent les enfants doux et aimables. Je voudrais bien que tout le monde sache cela, parce que, alors, les gens seraient moins avares de sucreries... »

She had quite forgotten the Duchess by this time, and was a little startled when she heard her voice close to her ear. "You're thinking about something, my dear, and that makes you forget to talk. I can't tell you just now what the moral of that is, but I shall remember it in a bit."

"Perhaps it hasn't one," Alice ventured to remark.

"Tut, tut, child!" said the Duchess. "Everything's got a moral, if only you can find it." And she squeezed herself up closer to Alice's side as she spoke.

Alice did not much like keeping so close to her: first, because the Duchess was *very* ugly, and secondly, because she was exactly the right height to rest her chin upon Alice's shoulder, and it was an uncomfortably sharp chin.

Ayant complètement oublié l'existence de la Duchesse, elle fut un peu saisie en entendant sa voix tout près de son oreille : « Ma chère enfant, tu es en train de penser à une chose qui te fait oublier de parler. Pour l'instant je ne peux pas te dire quelle est la morale à tirer de ce fait, mais je m'en souviendrai dans un instant.

— Peut-être qu'il n'y a pas de morale à en tirer, risqua Alice.

— Allons donc ! » s'exclama la Duchesse tout en se serrant contre elle. « On peut tirer une morale de tout : il suffit de la trouver. »

Alice n'aimait pas du tout avoir la Duchesse si près d'elle : d'abord parce qu'elle était vraiment très laide ; ensuite, parce qu'elle avait exactement la taille qu'il fallait pour pouvoir appuyer son menton sur l'épaule d'Alice, et c'était un menton désagréablement pointu.

However, she did not like to be rude, so she bore it as well as she could.

"The game's going on rather better now," she said, by way of keeping up the conversation a little.

"'Tis so," said the Duchess: "and the moral of that is—'Oh, 'tis love, 'tis love, that makes the world go round!'"

"Somebody said," Alice whispered, "that it's done by everybody minding their own business!"

"Ah well! It means much the same thing," said the Duchess, digging her sharp little chin into Alice's shoulder as she added, "and the moral of *that* is— 'Take care of the sense, and the sounds will take care of themselves.'"

"How fond she is of finding morals in things!" Alice thought to herself.

"I daresay you're wondering why I don't put my arm round your waist," said the Duchess after a pause: "the reason is, that I'm doubtful about the temper of your flamingo. Shall I try the experiment?"

"He might bite," Alice cautiously replied, not feeling at all anxious to have the experiment tried.

"Very true," said the Duchess: "flamingoes and mustard both bite. And the moral of that is—'Birds of a feather flock together.'"

"Only mustard isn't a bird," Alice remarked.

"Right, as usual," said the Duchess: "what a clear way you have of putting things!"

Néanmoins, comme elle ne voulait pas être grossière, elle supporta de son mieux ce désagrément.

« On dirait que la partie marche un peu mieux, fit-elle observer.

— C'est exact. Et la morale de ce fait est : "Oh ! c'est l'amour, l'amour, qui fait tourner la terre !"

— Quelqu'un a dit, murmura Alice, que la terre tournait bien quand chacun s'occupait de ses affaires !

— Ma foi ! cela revient à peu près au même », dit la Duchesse en lui enfonçant son petit menton pointu dans l'épaule. Puis elle ajouta : « Et la morale de ce fait est : "Occupez-vous du sens, et les mots s'occuperont d'eux-mêmes[1]."

« Quelle manie elle a de tirer une morale de tout ! » pensa Alice.

« Je parie que tu te demandes pourquoi je ne mets pas mon bras autour de ta taille », reprit la Duchesse après un moment de silence. « C'est parce que je ne suis pas sûre de l'humeur de ton flamant. Faut-il que je tente l'expérience ?

— Il pourrait vous piquer d'un coup de bec », dit prudemment Alice qui ne tenait pas du tout à la voir tenter l'expérience.

« Tout à fait exact. Les flamants et la moutarde piquent également. Et la morale de ce fait est : "Qui se ressemble, s'assemble."

— Mais la moutarde ne ressemble pas à un flamant.

— Tu as raison, comme d'habitude. Ce que tu exprimes clairement les choses !

"It's a mineral, I *think,*" said Alice.

"Of course it is," said the Duchess, who seemed ready to agree to everything that Alice said; "there's a large mustard-mine near here. And the moral of that is—'The more there is of mine, the less there is of yours.'"

"Oh, I know!" exclaimed Alice, who had not attended to this last remark, "it's a vegetable. It doesn't look like one, but it is."

"I quite agree with you," said the Duchess, "and the moral of that is—'Be what you would seem to be'—or, if you'd like it put more simply—'Never imagine yourself not to be otherwise than what it might appear to others that what you were or might have been was not otherwise than what you had been would have appeared to them to be otherwise.'"

"I think I should understand that better," Alice said very politely, "if I had it written down: but I can't quite follow it as you say it."

"That's nothing to what I could say if I chose," the Duchess replied in a pleased tone.

"Pray don't trouble yourself to say it any longer than that," said Alice.

"Oh, don't talk about trouble!" said the Duchess. "I make you a present of everything I've said as yet."

— Il me semble bien que la moutarde est un minéral, poursuivit Alice.

— Bien sûr que c'en est un », dit la Duchesse, qui semblait prête à approuver toutes les paroles de la fillette. « Il y a une grande mine de moutarde tout près d'ici. Et la morale de ce fait est : "Garde-toi tant que tu vivras de juger les gens sur la mine[1]."

— Oh ! je sais ! » s'exclama Alice, qui n'avait pas écouté cette dernière phrase. « C'est un végétal. Ça n'en a pas l'air, mais c'en est un tout de même.

— Je suis entièrement d'accord avec toi, dit la Duchesse. Et la morale de ce fait est : "Mieux vaut être que paraître" ou, pour parler plus clairement : "Ne te crois jamais différente de ce qui aurait pu paraître aux autres que ce que tu étais ou aurais pu être n'était pas différent de ce que tu avais été qui aurait pu leur paraître différent."

— Je crois », fit observer Alice poliment, « que je comprendrais ça beaucoup mieux si je le voyais écrit ; mais je crains de ne pas très bien vous suivre quand vous le dites.

— Ce n'est rien à côté de ce que je pourrais dire si je voulais », répliqua la Duchesse d'un ton satisfait.

« Je vous en prie, ne vous donnez pas la peine d'en dire plus long, déclara Alice.

— Oh ! mais ça ne me donnerait aucune peine ! affirma la Duchesse. Je te fais cadeau de tout ce que j'ai dit jusqu'à présent. »

"A cheap sort of present!" thought Alice. "I'm glad they don't give birthday presents like that!" But she did not venture to say it out loud.

"Thinking again?" the Duchess asked, with another dig of her sharp little chin.

"I've a right to think," said Alice sharply, for she was beginning to feel a little worried.

"Just about as much right," said the Duchess, "as pigs have to fly: and the m—"

But here, to Alice's great surprise, the Duchess' voice died away, even in the middle of her favourite word 'moral,' and the arm that was linked into hers began to tremble. Alice looked up, and there stood the Queen in front of them, with her arms folded, frowning like a thunderstorm.

"A fine day, your Majesty!" the Duchess began in a low, weak voice.

"Now, I give you fair warning," shouted the Queen, stamping on the ground as she spoke; "either you or your head must be off, and that in about half no time! Take your choice!"

The Duchess took her choice, and was gone in a moment.

"Let's go on with the game," the Queen said to Alice, and Alice was too much frightened to say a word, but slowly followed her back to the croquet-ground.

« Voilà un cadeau qui ne coûte pas cher ! pensa Alice. Je suis bien contente qu'on ne me donne pas des cadeaux d'anniversaire de ce genre ! » (Mais elle ne se hasarda pas à exprimer cela tout haut.)

« Encore en train de réfléchir ? » demanda la Duchesse en lui enfonçant de nouveau son petit menton pointu dans l'épaule.

« J'ai bien le droit de réfléchir », répliqua Alice sèchement, car elle commençait à se sentir un peu agacée.

« À peu près autant que les cochons ont le droit de voler, déclara la Duchesse. Et la mo… »

Mais, à cet instant précis, à la grande surprise d'Alice, la voix de la Duchesse s'éteignit au beau milieu de son mot favori : « morale », et le bras qu'elle avait passé sous celui de sa compagne se mit à trembler. La fillette leva les yeux : devant elles se dressait la Reine, les bras croisés, le visage aussi menaçant qu'un ciel d'orage.

« Belle journée, Votre majesté ! » commença la Duchesse d'une voix faible et basse.

« Je ne veux pas vous prendre en traître », hurla la Reine en tapant du pied, « mais je vous avertis d'une chose : ou bien vous vous ôtez de là, ou bien je vous ôte la tête, et cela en un rien de temps ! Faites votre choix ! »

La Duchesse fit son choix et disparut en un moment.

« Continuons la partie », dit la Reine à Alice qui, trop effrayée pour pouvoir prononcer un mot, la suivit lentement jusqu'au terrain de croquet.

The other guests had taken advantage of the Queen's absence, and were resting in the shade: however, the moment they saw her, they hurried back to the game, the Queen merely remarking that a moment's delay would cost them their lives.

All the time they were playing the Queen never left off quarrelling with the other players, and shouting "Off with his head!" or "Off with her head!" Those whom she sentenced were taken into custody by the soldiers, who of course had to leave off being arches to do this, so that by the end of half an hour or so there were no arches left, and all the players, except the King, the Queen, and Alice, were in custody, and under sentence of execution.

Then the Queen left off, quite out of breath, and said to Alice, "Have you seen the Mock Turtle yet?"

"No," said Alice. "I don't even know what a Mock Turtle is."

"It's the thing Mock Turtle Soup is made from," said the Queen.

"I never saw one, or heard of one," said Alice.

"Come on, then," said the Queen, "and he shall tell you his history."

As they walked off together, Alice heard the King say in a low voice, to the company generally, "You are all pardoned." "Come, *that's* a good thing!" she said to herself, for she had felt quite unhappy at the number of executions the Queen had ordered.

Les autres invités avaient profité de l'absence de la Reine pour se reposer à l'ombre ; mais, dès qu'ils la virent arriver, ils se hâtèrent de reprendre la partie, tandis que Sa Majesté se contentait de déclarer qu'un moment de retard leur coûterait la vie.

Pendant tout le temps que dura la partie, la Reine n'arrêta pas de se disputer avec les autres joueurs et de crier : « Qu'on lui coupe la tête ! Qu'on lui coupe la tête ! » Ceux qu'elle condamnait étaient arrêtés par les soldats, qui, naturellement, devaient cesser d'être des arceaux pour pouvoir procéder aux arrestations ; de sorte que, au bout d'une demi-heure environ, il ne restait plus d'arceaux, et que tous les joueurs, sauf le Roi, la Reine et Alice, étaient arrêtés et condamnés à avoir la tête coupée.

Alors la Reine s'arrêta, toute hors d'haleine, pour demander à Alice :

« As-tu déjà vu la Simili-Tortue ?

— Non, je ne sais même pas ce qu'est une Simili-Tortue.

— C'est ce avec quoi on fait la soupe à la Simili-Tortue.

— Je n'en ai jamais vu ni entendu parler.

— En ce cas, suis-moi. Elle te racontera son histoire. »

Tandis qu'elles s'éloignaient ensemble, Alice entendit le Roi dire à voix basse à toute la société : « Je vous fais grâce. » « Allons, c'est parfait ! » pensa-t-elle, car le nombre des exécutions ordonnées par la Reine l'avait rendue très malheureuse.

They very soon came upon a Gryphon, lying fast asleep in the sun. (If you don't know what a Gryphon is, look at the picture.) "Up, lazy thing!" said the Queen, "and take this young lady to see the Mock Turtle, and to hear his history. I must go back and see after some executions I have ordered;" and she walked off, leaving Alice alone with the Gryphon. Alice did not quite like the look of the creature, but on the whole she thought it would be quite as safe to stay with it as to go after that savage Queen: so she waited.

The Gryphon sat up and rubbed its eyes: then it watched the Queen till she was out of sight: then it chuckled. "What fun!" said the Gryphon, half to itself, half to Alice.

"What *is* the fun?" said Alice.

"Why, *she*," said the Gryphon. "It's all her fancy, that: they never executes nobody, you know. Come on!"

Bientôt, elles rencontrèrent un Griffon qui dormait profondément, étendu en plein soleil. (Si vous ne savez pas ce que c'est qu'un Griffon, regardez l'image.) « Debout, paresseux ! cria la Reine. Amène cette jeune fille à la Simili-Tortue pour que celle-ci lui raconte son histoire. Il faut que j'aille m'occuper de quelques exécutions que j'ai ordonnées. » Sur ces mots, elle s'éloigna, laissant Alice seule avec le Griffon. L'aspect de cet animal ne plaisait guère à la fillette, mais elle se dit que, après tout, elle serait plus en sécurité en restant près de lui qu'en suivant cette Reine féroce : c'est pourquoi elle attendit.

Le Griffon se leva et se frotta les yeux ; puis il regarda la Reine jusqu'à ce qu'elle eût disparu ; puis, il se mit à rire tout bas. « Ce que c'est drôle ! » dit-il, autant pour Alice que pour lui-même.

« Qu'est-ce qui est drôle ?

— Mais, elle, voyons. Tout ça, elle se l'imagine : en réalité, y a pas jamais personne d'exécuté. Arrive ! »

"Everybody says 'come on!' here," thought Alice, as she went slowly after it: "I never was so ordered about before in all my life, never!"

They had not gone far before they saw the Mock Turtle in the distance, sitting sad and lonely on a little ledge of rock, and, as they came nearer, Alice could hear him sighing as if his heart would break. She pitied him deeply. "What is his sorrow?" she asked the Gryphon, and the Gryphon answered, very nearly in the same words as before, "It's all his fancy, that: he hasn't got no sorrow, you know. Come on!"

So they went up to the Mock Turtle, who looked at them with large eyes full of tears, but said nothing.

"This here young lady," said the Gryphon, "she wants for to know your history, she do."

"I'll tell it her," said the Mock Turtle in a deep, hollow tone: "sit down, both of you, and don't speak a word till I've finished."

So they sat down, and nobody spoke for some minutes. Alice thought to herself, "I don't see how he can *ever* finish, if he doesn't begin." But she waited patiently.

"Once," said the Mock Turtle at last, with a deep sigh, "I was a real Turtle."

« Tout le monde ici me dit : “Arrive !” », pensa Alice, en le suivant lentement. « Jamais de ma vie on ne m’a fait pivoter comme ça, jamais ! »

Ils n’étaient pas allés bien loin lorsqu’ils aperçurent la Simili-Tortue à quelque distance, assise triste et solitaire sur une petite saillie rocheuse, et, à mesure qu’ils approchaient, Alice pouvait l’entendre soupirer comme si son cœur allait se briser. « Quelle est la cause de son chagrin ? » demanda-t-elle au Griffon, le cœur plein de pitié. Et il répondit, presque dans les mêmes termes qu’il avait déjà employés : « Tout ça, elle se l’imagine : en réalité, elle a pas aucun motif de chagrin. Arrive ! »

Ils allèrent donc vers la Simili-Tortue, qui les regarda de ses grands yeux pleins de larmes, sans souffler mot.

« C’te jeune demoiselle qu’est ici, expliqua le Griffon, elle a rudement envie que t’y racontes ton histoire, pour sûr que oui !

— Je vais la lui raconter », répondit la Simili-Tortue d’une voix caverneuse. « Asseyez-vous tous les deux, et ne prononcez pas une seule parole avant que j’aie fini. »

Ils s’assirent, et personne ne parla pendant quelques minutes. Alice pensa : « Je ne vois pas comment elle pourra jamais finir si elle ne commence pas. » Mais elle attendit patiemment.

« Autrefois », dit enfin la Simili-Tortue en poussant un profond soupir, « j’étais une vraie Tortue ».

These words were followed by a very long silence, broken only by an occasional exclamation of "Hjckrrh!" from the Gryphon, and the constant heavy sobbing of the Mock Turtle. Alice was very nearly getting up and saying, "Thank you, sir, for your interesting story," but she could not help thinking there *must* be more to come, so she sat still and said nothing.

"When we were little," the Mock Turtle went on at last, more calmly, though still sobbing a little now and then, "we went to school in the sea. The master was an old Turtle—we used to call him Tortoise—"

Ces paroles furent suivies d'un long silence, rompu seulement par un « Grrrh ! » que poussait le Griffon de temps à autre, et par les lourds sanglots incessants de la Simili-Tortue. Alice fut sur le point de se lever en disant : « Je vous remercie, madame, de votre intéressante histoire », mais elle ne put s'empêcher de penser qu'il devait sûrement y avoir une suite ; c'est pourquoi elle resta assise sans bouger et sans souffler mot.

« Quand nous étions petits », reprit finalement la Simili-Tortue d'une voix plus calme, mais en poussant encore un léger sanglot de temps en temps, « nous allions à l'école dans la mer. La maîtresse était une vieille Tortue de mer… nous l'appelions la Tortue Grecque…

"Why did you call him Tortoise, if he wasn't one?" Alice asked.

"We called him Tortoise because he taught us," said the Mock Turtle angrily; "really you are very dull!"

"You ought to be ashamed of yourself for asking such a simple question," added the Gryphon; and then they both sat silent and looked at poor Alice, who felt ready to sink into the earth. At last the Gryphon said to the Mock Turtle, "Drive on, old fellow! Don't be all day about it!" and he went on in these words.

"Yes, we went to school in the sea, though you mayn't believe it—"

"I never said I didn't!" interrupted Alice.

"You did," said the Mock Turtle.

"Hold your tongue!" added the Gryphon, before Alice could speak again. The Mock Turtle went on.

"We had the best of educations—in fact, we went to school every day—"

*"I've* been to a day-school too," said Alice; "you needn't be so proud as all that."

"With extras?" asked the Mock Turtle a little anxiously.

"Yes," said Alice, "we learned French and music."

— Pourquoi l'appeliez-vous la Tortue Grecque, puisque c'était une Tortue de mer ? demanda Alice. J'ai lu quelque part que la Tortue Grecque est une Tortue d'eau douce.

— Nous l'appelions la Tortue Grecque parce qu'elle savait le grec[1] », répondit la Simili-Tortue avec colère. « Vraiment, je te trouve bien bornée.

— Tu devrais avoir honte de poser une question aussi simple », ajouta le Griffon. Après quoi, tous deux restèrent assis en silence, les yeux fixés sur la pauvre Alice qui aurait bien voulu disparaître sous terre. Enfin le Griffon dit à la Simili-Tortue : « Dégoise la suite, ma vieille ! Tâche que ça ne dure pas toute la journée ! » Et elle continua en ces termes :

« Oui, nous allions à l'école dans la mer, quoique cela puisse te paraître incroyable…

— Je n'ai jamais dit ça ! » s'exclama Alice en l'interrompant.

« Si fait, tu l'as dit ! répliqua la Simili-Tortue.

— Tais-toi ! » ajouta le Griffon, avant que la fillette ait eu le temps de placer un mot. Après quoi, la Simili-Tortue reprit la parole :

« Nous recevions une excellente éducation ; en fait, nous allions à l'école tous les jours…

— Moi aussi, dit Alice. Vous n'avez pas besoin d'être si fière pour si peu.

— Il y avait des matières supplémentaires, à ton école ? » demanda la Simili-Tortue d'un ton un peu anxieux.

« Oui, nous apprenions le français et la musique.

"And washing?" said the Mock Turtle.

"Certainly not!" said Alice indignantly.

"Ah! Then yours wasn't a really good school," said the Mock Turtle in a tone of great relief, "now at *ours* they had at the end of the bill, 'French, music, *and washing*—extra.'"

"You couldn't have wanted it much," said Alice; "living at the bottom of the sea."

"I couldn't afford to learn it," said the Mock Turtle with a sigh. "I only took the regular course."

"What was that?" enquired Alice.

"Reeling and Writhing, of course, to begin with," the Mock Turtle replied: "and then the different branches of Arithmetic—Ambition, Distraction, Uglification, and Derision."

"I never heard of 'Uglification,'" Alice ventured to say. "What is it?"

The Gryphon lifted up both its paws in surprise. "Never heard of uglifying!" it exclaimed. "You know what to beautify is, I suppose?"

"Yes," said Alice, doubtfully: "it means—to—make—anything—prettier."

"Well then," the Gryphon went on, "if you don't know what to uglify is, you *are* a simpleton."

— Et le blanchissage ?

— Sûrement pas ! » dit Alice avec indignation.

« Ah ! dans ce cas, ton école n'était pas fameuse », déclara la Simili-Tortue d'un ton extrêmement soulagé. « Vois-tu, dans notre école à nous, il y avait à la fin du prospectus : "Matières supplémentaires : français, musique, *et blanchissage.*"

— Vous ne deviez guère en avoir besoin, fit observer Alice, puisque vous viviez au fond de la mer.

— Je n'avais pas les moyens d'étudier les matières supplémentaires », répondit la Simili-Tortue en soupirant. « Je ne suivais que les cours ordinaires.

— En quoi consistaient-ils ?

— Pour commencer, bien entendu, Rire et Médire ; puis, les différentes parties de l'Arithmétique : Ambition, Distraction, Laidification et Dérision[1].

— Je n'ai jamais entendu parler de la "Laidification". Qu'est-ce que ça peut bien être ? »

Le Griffon leva ses deux pattes pour manifester sa surprise. « Comment ! tu n'as jamais entendu parler de laidification ! s'exclama-t-il. Tu sais ce que veut dire le verbe "embellir", je suppose ?

— Oui », répondit Alice, qui n'en était pas très sûre. « Ça veut dire… rendre… quelque chose… plus beau.

— En ce cas, continua le Griffon, si tu ne sais pas ce que c'est que "laidifier", tu es une idiote fieffée. »

Alice did not feel encouraged to ask any more questions about it, so she turned to the Mock Turtle, and said "What else had you to learn?"

"Well, there was Mystery," the Mock Turtle replied, counting off the subjects on his flappers,—"Mystery, ancient and modern, with Seaography: then Drawling—the Drawling-master was an old conger-eel, that used to come once a week: *he* taught us Drawling, Stretching, and Fainting in Coils."

"What was *that* like?" said Alice.

"Well, I can't show it you myself," the Mock Turtle said: "I'm too stiff. And the Gryphon never learnt it."

"Hadn't time," said the Gryphon: "I went to the Classical master, though. He was an old crab, *he* was."

"I never went to him," the Mock Turtle said with a sigh: "he taught Laughing and Grief, they used to say."

"So he did, so he did," said the Gryphon, sighing in his turn, and both creatures hid their faces in their paws.

"And how many hours a day did you do lessons?" said Alice, in a hurry to change the subject.

"Ten hours the first day," said the Mock Turtle: "nine the next, and so on."

"What a curious plan!" exclaimed Alice.

Ne se sentant pas encouragée à poser d'autres questions à ce sujet, Alice se tourna vers la Simili-Tortue, et lui demanda : « Qu'est-ce qu'on vous enseignait d'autre ?

— Eh bien, il y avait l'Ivoire, répondit la Simili-Tortue en comptant sur ses pattes, l'Ivoire Ancien et l'Ivoire Moderne, et la Mérographie. Puis, on nous apprenait à Lésiner... Le professeur était un vieux congre qui venait une fois par semaine : il nous apprenait à Lésiner, à Troquer, et à Feindre à la Marelle.

— Comment faisiez-vous ça : "Feindre à la Marelle" ?

— Ma foi, je ne peux pas te le dire, car je l'ai oublié. Quant au Griffon, il ne l'a jamais appris.

— Pas eu le temps, déclara le Griffon. Mais j'étudiais les classiques avec un vieux professeur qu'était un vieux crabe.

— Je n'ai jamais pu suivre ses cours », poursuivit la Simili-Tortue en soupirant. « On disait qu'il enseignait le Patin et la Greffe.

— Et c'était bien vrai, oui, bien vrai », affirma le Griffon, en soupirant à son tour.

Sur quoi les deux créatures se cachèrent le visage dans les pattes.

« Et combien d'heures de cours aviez-vous par jour ? » demanda Alice qui avait hâte de changer de sujet de conversation.

« Dix heures le premier jour, répondit la Simili-Tortue, neuf heures le lendemain, et ainsi de suite en diminuant d'une heure par jour.

— Quelle drôle de méthode ! s'exclama Alice.

"That's the reason they're called lessons," the Gryphon remarked: "because they lessen from day to day."

This was quite a new idea to Alice, and she thought it over a little before she made her next remark. "Then the eleventh day must have been a holiday?"

"Of course it was," said the Mock Turtle.

"And how did you manage on the twelfth?" Alice went on eagerly.

"That's enough about lessons," the Gryphon interrupted in a very decided tone: "tell her something about the games now."

— C'est pour cette raison qu'on appelle ça des cours, fit observer le Griffon : parce qu'ils deviennent chaque jour plus courts[1]. »

C'était là une idée tout à fait nouvelle pour Alice, et elle y réfléchit un moment avant de demander : « Mais alors, le onzième jour était un jour de congé ?

— Naturellement, dit la Simili-Tortue.

— Et que faisiez-vous le douzième jour ? » continua Alice vivement.

« Ça suffit pour les cours », déclara le Griffon d'une voix tranchante. « Parle-lui un peu des jeux à présent. »

## CHAPTER X

### *The lobster quadrille*

The Mock Turtle sighed deeply, and drew the back of one flapper across his eyes. He looked at Alice and tried to speak, but for a minute or two sobs choked his voice. "Same as if he had a bone in his throat," said the Gryphon, and it set to work shaking him and punching him in the back. At last the Mock Turtle recovered his voice, and, with tears running down his cheeks, he went on again:—

"You may not have lived much under the sea—" ("I haven't," said Alice)—"and perhaps you were never even introduced to a lobster—" (Alice began to say "I once tasted—" but checked herself hastily, and said, "No, never")—"so you can have no idea what a delightful thing a Lobster Quadrille is!"

"No, indeed," said Alice. "What sort of a dance is it?"

## CHAPITRE X

### *Le quadrille des homards*

La Simili-Tortue poussa un profond soupir et s'essuya les yeux du revers d'une de ses pattes. Elle regarda Alice et s'efforça de parler, mais, pendant une ou deux minutes, les sanglots étouffèrent sa voix. « Pareil que si elle avait une arête dans la gorge », dit le Griffon. Et il se mit en devoir de la secouer et de lui taper dans le dos. Finalement, la Simili-Tortue retrouva la parole, et tandis que les larmes ruisselaient sur ses joues, elle reprit en ces termes :

« Tu n'as sans doute pas beaucoup vécu dans la mer… — Non, en effet, dit Alice… — … et peut-être que tu n'as jamais été présentée à un homard… — J'ai goûté une fois… » commença Alice. Puis elle s'interrompit brusquement et ajouta : « Non, jamais. — … de sorte que tu ne peux pas savoir combien le quadrille des homards est une chose charmante !

— Certainement pas, déclara Alice. Quel genre de danse cela peut-il bien être ?

"Why," said the Gryphon, "you first form into a line along the seashore—"

"Two lines!" cried the Mock Turtle. "Seals, turtles, salmon, and so on: then, when you've cleared all the jelly-fish out of the way—"

"*That* generally takes some time," interrupted the Gryphon.

"—you advance twice—"

"Each with a lobster as a partner!" cried the Gryphon.

"Of course," the Mock Turtle said: "advance twice, set to partners—"

"—change lobsters, and retire in same order," continued the Gryphon.

"Then, you know," the Mock Turtle went on, "you throw the—"

"The lobsters!" shouted the Gryphon, with a bound into the air.

— Eh bien, expliqua le Griffon, on commence par s'aligner sur un rang au bord de la mer…

— Sur deux rangs ! s'écria la Simili-Tortue. Tous tant qu'on est : phoques, tortues, etc. Ensuite, quand on a déblayé le terrain des méduses qui l'encombrent…

— Et ça, ça prend généralement pas mal de temps.

— … on fait deux pas en avant…

— Avec, chacun, un homard pour cavalier !

— Naturellement ! Donc, on fait deux pas en avant en même temps que son vis-à-vis…

— … on change de homard, et on fait deux pas en arrière.

— Après ça, vois-tu, on jette les…

— Les homards ! » cria le Griffon, en bondissant très haut.

"—as far out to sea as you can—"

"Swim after them!" screamed the Gryphon.

"Turn a somersault in the sea!" cried the Mock Turtle, capering wildly about.

"Change lobsters again!" yelled the Gryphon at the top of its voice.

"Back to land again, and—that's all the first figure," said the Mock Turtle, suddenly dropping his voice, and the two creatures, who had been jumping about like mad things all this time, sat down again very sadly and quietly, and looked at Alice.

"It must be a very pretty dance," said Alice timidly.

"Would you like to see a little of it?" said the Mock Turtle.

"Very much indeed," said Alice.

"Come, let's try the first figure!" said the Mock Turtle to the Gryphon. "We can do it without lobsters, you know. Which shall sing?"

"Oh, *you* sing," said the Gryphon. "I've forgotten the words."

So they began solemnly dancing round and round Alice, every now and then treading on her toes when they passed too close, and waving their fore-paws to mark the time, while the Mock Turtle sang this, very slowly and sadly:—

*"Will you walk a little faster?" said a whiting to a snail,*
*"There's a porpoise close behind us, and he's treading on my tail.*

« … aussi loin que possible dans la mer…

— On nage à leur poursuite ! hurla le Griffon.

— On fait un saut périlleux dans la mer ! » vociféra la Simili-Tortue, tout en cabriolant comme une folle.

« On change de nouveau de homard ! brailla le Griffon.

— On revient sur le rivage, et… et c'est tout pour la première figure », dit la Simili-Tortue en baissant brusquement la voix. Puis, les deux créatures, qui n'avaient pas cessé de bondir dans toutes les directions d'une manière désordonnée, se rassirent, très tristes et très calmes, et regardèrent Alice.

« Cela doit être très joli, dit timidement Alice.

— Veux-tu qu'on te montre un peu comment ça se danse ? demanda la Simili-Tortue.

— J'en serais ravie, répondit Alice.

— Essayons la première figure ! » dit la Simili-Tortue au Griffon. « Après tout, on peut très bien se passer de homards. Qui va chanter ?

— Oh, chante, toi, répondit le Griffon. Moi j'ai oublié les paroles. »

Là-dessus, ils commencèrent gravement à danser en rond autour d'Alice, lui marchant de temps à autre sur les orteils quand ils passaient trop près d'elle, et battant la mesure avec leurs pattes de devant, tandis que la Simili-Tortue chantait ceci d'une voix lente et triste[1] :

« *Le merlan dit à l'escargot : "Veux-tu avancer un peu ?*
*Y a un brochet*[2] *derrière nous qui me marche sur la*
*queue.*

*See how eagerly the lobsters and the turtles all advance!*
*They are waiting on the shingle—will you come and join the dance?*
*Will you, won't you, will you, won't you, will you join the dance?*
*Will you, won't you, will you, won't you, won't you join the dance?*

*"You can really have no notion how delightful it will be*
*When they take us up and throw us, with the lobsters, out to sea!"*
*But the snail replied "Too far, too far!" and gave a look askance—*
*Said he thanked the whiting kindly, but he would not join the dance.*
*Would not, could not, would not, could not, would not join the dance.*
*Would not, could not, would not, could not, could not join the dance.*

*"What matters it how far we go?" his scaly friend replied,*
*"There is another shore, you know, upon the other side.*
*The further off from England the nearer is to France—*
*Then turn not pale, beloved snail, but come and join the dance.*
*Will you, won't you, will you, won't you, will you join the dance?*
*Will you, won't you, will you, won't you, won't you join the dance?"*

*Vois les homards et les tortues s'élancer en troupes denses !*
*Ils attendent sur les galets, veux-tu entrer dans la danse ?*
*Veux-tu, ne veux-tu pas, veux-tu, veux-tu entrer dans la danse ?*
*Veux-tu, ne veux-tu pas, veux-tu, veux-tu entrer dans la danse ?*

« *"Tu ne peux vraiment pas savoir à quel point cela est beau*
*Quand on vous prend et qu'on vous jette, avec les homards, dans l'eau !"*
*Mais l'escargot répond : "Trop loin !", regarde avec méfiance,*
*Remercie beaucoup le merlan, ne veut entrer dans la danse.*
*Ne veut, ne peut, ne veut, ne peut, ne veut entrer dans la danse.*
*Ne veut, ne peut, ne veut, ne peut, ne veut entrer dans la danse.*

« *"Qu'importe que nous allions loin ? répond l'autre avec gaieté,*
*Car il y a un autre pays, vois-tu, de l'autre côté.*
*Plus on est loin de l'Angleterre et plus on est près de la France.*
*Ne crains rien, escargot chéri, entre avec moi dans la danse.*
*Veux-tu, ne veux-tu pas, veux-tu, veux-tu entrer dans la danse ?*
*Veux-tu, ne veux-tu pas, veux-tu, veux-tu entrer dans la danse ?"*

"Thank you, it's a very interesting dance to watch," said Alice, feeling very glad that it was over at last; "and I do so like that curious song about the whiting!"

"Oh, as to the whiting," said the Mock Turtle, "they—you've seen them, of course?"

"Yes," said Alice, "I've often seen them at dinn—" she checked herself hastily.

"I don't know where Dinn may be," said the Mock Turtle, "but if you've seen them so often, of course you know what they're like."

"I believe so," Alice replied thoughtfully. "They have their tails in their mouths;—and they're all over crumbs."

"You're wrong about the crumbs," said the Mock Turtle: "crumbs would all wash off in the sea. But they *have* their tails in their mouths; and the reason is—" here the Mock Turtle yawned and shut his eyes.—"Tell her about the reason and all that," he said to the Gryphon.

"The reason is," said the Gryphon, "that they *would* go with the lobsters to the dance. So they got thrown out to sea. So they had to fall a long way. So they got their tails fast in their mouths. So they couldn't get them out again. That's all."

— Je vous remercie, c'est très intéressant à voir danser », déclara Alice, qui était tout heureuse que ce fût enfin terminé. « J'aime énormément cette curieuse chanson du merlan !

— Oh, pour ce qui est des merlans, dit la Simili-Tortue, ils... Tu as déjà vu des merlans, naturellement ?

— Oui, répondit Alice, j'en ai vu souvent à déj... » (Elle s'interrompit brusquement.)

« J'ignore où Déj peut bien se trouver, déclara la Simili-Tortue, mais si tu en as vu souvent, tu dois savoir comment ils sont faits.

— Il me semble bien que oui, répondit Alice, en réfléchissant. Ils ont la queue dans la bouche... et ils sont tout couverts de miettes de pain.

— Pour ce qui est des miettes, tu te trompes, fit observer la Simili-Tortue ; elles seraient emportées par l'eau dans la mer. Mais il est exact qu'ils ont la queue dans la bouche ; et voici pourquoi... » Elle se mit à bâiller et ferma les yeux : « Explique-lui pourquoi, et raconte-lui tout le reste, dit-elle au Griffon.

— Voici pourquoi, reprit ce dernier. Ils ont voulu absolument aller danser avec les homards. En conséquence, ils ont été jetés à la mer. En conséquence, il a fallu qu'ils tombent très loin. En conséquence, ils se sont mis la queue dans la bouche aussi ferme que possible. En conséquence, ils n'ont pas pu la retirer. C'est tout.

"Thank you," said Alice, "it's very interesting. I never knew so much about a whiting before."

"I can tell you more than that, if you like," said the Gryphon. "Do you know why it's called a whiting?"

"I never thought about it," said Alice. "Why?"

*"It does the boots and shoes,"* the Gryphon replied very solemnly.

Alice was thoroughly puzzled. "Does the boots and shoes!" she repeated in a wondering tone.

"Why, what are *your* shoes done with?" said the Gryphon. "I mean, what makes them so shiny?"

Alice looked down at them, and considered a little before she gave her answer. "They're done with blacking, I believe."

"Boots and shoes under the sea," the Gryphon went on in a deep voice, "are done with whiting. Now you know."

"And what are they made of?" Alice asked in a tone of great curiosity.

"Soles and eels, of course," the Gryphon replied rather impatiently: "any shrimp could have told you that."

"If I'd been the whiting," said Alice, whose thoughts were still running on the song, "I'd have said to the porpoise, 'Keep back, please: we don't want *you* with us!'"

— Je vous remercie, déclara Alice ; c'est vraiment très intéressant. Jamais je n'avais appris tant de choses sur les merlans.

— Si ça t'amuse, je peux t'en dire bien davantage, dit le Griffon. Sais-tu à quoi servent les merlans ?

— Je ne me le suis jamais demandé. À quoi servent-ils ?

— *Ils font les bottines et les souliers* », déclara le Griffon avec la plus profonde gravité.

Alice fut complètement déconcertée. « Ils font les bottines et les souliers ! » répéta-t-elle d'un ton stupéfait.

« Voyons, avec quoi fait-on tes chaussures d'été ? demanda le Griffon. Je veux dire : avec quoi les blanchit-on ? »

Alice réfléchit un moment avant de répondre : « Je crois bien qu'on les fait avec du blanc d'Espagne.

— Bon ! » dit le Griffon d'une voix grave. « Eh bien, les chaussures, au fond de la mer, on les fait avec du blanc de merlan qui, tu ne l'ignores pas, est un poisson blanc[1] !

— Et qui est-ce qui les fabrique ? » demanda Alice d'un ton plein de curiosité.

« L'aiguille de mer et le requin-marteau, bien entendu », répondit le Griffon, non sans impatience ; « la moindre crevette aurait pu te dire ça[2] !

— Si j'avais été à la place du merlan, déclara Alice, qui pensait encore à la chanson, j'aurais dit au brochet : "En arrière, s'il vous plaît ! Nous n'avons pas besoin de vous !"

"They were obliged to have him with them," the Mock Turtle said: "no wise fish would go anywhere without a porpoise."

"Wouldn't it really?" said Alice in a tone of great surprise.

"Of course not," said the Mock Turtle: "why, if a fish came to *me*, and told me he was going a journey, I should say 'With what porpoise?'"

"Don't you mean 'purpose'?" said Alice.

"I mean what I say," the Mock Turtle replied in an offended tone. And the Gryphon added "Come, let's hear some of *your* adventures."

"I could tell you my adventures—beginning from this morning," said Alice a little timidly: "but it's no use going back to yesterday, because I was a different person then."

"Explain all that," said the Mock Turtle.

"No, no! the adventures first," said the Gryphon in an impatient tone: "explanations take such a dreadful time."

So Alice began telling them her adventures from the time when she first saw the White Rabbit: she was a little nervous about it just at first, the two creatures got so close to her, one on each side, and opened their eyes and mouths so *very* wide, but she gained courage as she went on.

— Ils étaient obligés de l'avoir avec eux, dit la Simili-Tortue ; aucun poisson doué de bon sens n'irait où que ce fût sans un brochet.

— Vraiment ! » s'exclama Alice d'un ton stupéfait.

« Bien sûr que non. Vois-tu, si un poisson venait me trouver, moi, et me disait qu'il va partir en voyage, je lui demanderais : "Avec quel brochet ?"

— N'est-ce pas : "projet", et non : "brochet" que vous voulez dire[1] ?

— Je veux dire ce que je dis », répliqua la Simili-Tortue d'un ton offensé. Et le Griffon ajouta : « Allons, à présent, c'est ton tour de nous raconter tes aventures.

— Je peux vous raconter les aventures qui me sont arrivées depuis ce matin », dit Alice assez timidement ; « mais il est inutile que je remonte jusqu'à hier, car, hier, j'étais tout à fait différente de ce que je suis aujourd'hui...

— Explique-nous ça, demanda la Simili-Tortue.

— Non, non ! les aventures d'abord ! » s'exclama le Griffon d'un ton impatient. « Les explications prennent beaucoup trop de temps. »

Alice commença donc à leur raconter ses aventures à partir du moment où elle avait rencontré le Lapin Blanc. Au début, elle se sentit un peu intimidée, car les deux créatures, qui s'étaient mises contre elle, une de chaque côté, ouvraient de très grands yeux et une très grande bouche ; mais elle prit courage à mesure qu'elle avançait dans son récit.

Her listeners were perfectly quiet till she got to the part about her repeating *"You are old, Father William,"* to the Caterpillar, and the words all coming different, and then the Mock Turtle drew a long breath, and said, "That's very curious."

"It's all about as curious as it can be," said the Gryphon.

"It all came different!" the Mock Turtle repeated thoughtfully. "I should like to hear her try and repeat something now. Tell her to begin." He looked at the Gryphon as if he thought it had some kind of authority over Alice.

"Stand up and repeat *''Tis the voice of the sluggard,'"* said the Gryphon.

"How the creatures order one about, and make one repeat lessons!" thought Alice, "I might just as well be at school at once." However, she got up, and began to repeat it, but her head was so full of the Lobster-Quadrille, that she hardly knew what she was saying, and the words came very queer indeed:—

Ses auditeurs observèrent un silence complet, mais, lorsqu'elle arriva à sa rencontre avec la Chenille, lorsqu'elle eut raconté comment elle avait essayé de réciter : « *Vous êtes vieux, Père William* », et comment les mots étaient venus tout différents de ce qu'ils étaient en réalité, la Simili-Tortue respira profondément et dit : « Voilà qui est bien curieux.

— Je n'ai jamais entendu rien d'aussi curieux, déclara le Griffon.

— C'est venu tout différent de ce que c'est en réalité !... » répéta pensivement la Simili-Tortue. « J'aimerais bien qu'elle me récite quelque chose. Dis-lui de commencer tout de suite », demanda-t-elle au Griffon, comme si elle croyait qu'il avait une autorité particulière sur Alice.

« Lève-toi et récite : "*C'est la voix du paresseux*[1]" », ordonna-t-il.

« Comme ces créatures aiment vous commander et vous faire réciter des leçons ! pensa Alice. Vraiment, j'ai l'impression d'être en classe. »

Néanmoins, elle se leva et commença à réciter ; mais elle pensait tellement au quadrille des Homards qu'elle ne savait plus trop ce qu'elle disait, et les paroles qu'elle prononça étaient vraiment très bizarres :

*"'Tis the voice of the lobster; I heard him declare,*
*'You have baked me too brown, I must sugar my hair.'*
*As a duck with its eyelids, so he with his nose*
*Trims his belt and his buttons, and turns out his toes."*

"That's different from what *I* used to say when I was a child," said the Gryphon.

"Well, I never heard it before," said the Mock Turtle; "but it sounds uncommon nonsense."

Alice said nothing: she had sat down again with her face in her hands, wondering if anything would *ever* happen in a natural way again.

"I should like to have it explained," said the Mock Turtle.

"She can't explain it," said the Gryphon hastily. "Go on with the next verse."

"But about his toes?" the Mock Turtle persisted. "How *could* he turn them out with his nose, you know?"

"It's the first position in dancing," Alice said; but she was dreadfully puzzled by the whole thing, and longed to change the subject.

"Go on with the next verse," the Gryphon repeated impatiently: "it begins '*I passed by his garden.*'"

Alice did not dare to disobey, though she felt sure it would all come wrong, and she went on in a trembling voice:—

*« C'est la voix du homard qui dit d'un ton nerveux :*
*"J'ai cuit bien trop longtemps, sucrez-moi les cheveux."*
*Comme font les canards, avec son nez vermeil*
*Il se boutonne, et tourne en dehors ses orteils.*

— C'est différent de ce que je récitais, moi, quand j'étais enfant, dit le Griffon.

— Quant à moi, je n'avais jamais entendu ça de ma vie, ajouta la Simili-Tortue, mais ça m'a tout l'air d'un ramassis de sottises. »

Alice resta silencieuse ; elle s'était assise, le visage enfoui dans les mains, et se demandait si les choses redeviendraient normales un jour ou l'autre.

« Je voudrais bien qu'on m'explique ces vers, demanda la Simili-Tortue.

— Elle en est bien incapable », dit vivement le Griffon. « Récite-nous la troisième strophe.

— Mais, voyons, insista la Tortue, comment pourrait-il bien faire pour tourner en dehors ses orteils avec le bout de son nez ?

— C'est la première position qu'on prend pour danser », répondit Alice qui, terriblement déconcertée par tout ceci, mourait d'envie de changer de sujet de conversation.

« Récite-nous la troisième strophe, répéta le Griffon. Elle commence comme ceci : "*En passant devant son jardin.*" »

Alice n'osa pas désobéir, bien qu'elle fût certaine que tout irait de travers, et elle continua d'une voix tremblante :

*"I passed by his garden, and marked, with one eye,*
*How the owl and the oyster were sharing a pie—"*

"What *is* the use of repeating all that stuff," the Mock Turtle interrupted, "if you don't explain it as you go on? It's by far the most confusing thing *I* ever heard!"

"Yes, I think you'd better leave off," said the Gryphon, and Alice was only too glad to do so. "Shall we try another figure of the Lobster-Quadrille?" the Gryphon went on. "Or would you like the Mock Turtle to sing you a song?"

"Oh, a song, please, if the Mock Turtle would be so kind," Alice replied, so eagerly that the Gryphon said, in a rather offended tone, "Hm! No accounting for tastes! Sing her *'Turtle Soup,'* will you, old fellow?"

The Mock Turtle sighed deeply, and began, in a voice sometimes choked with sobs, to sing this:—

*"Beautiful Soup, so rich and green,*
*Waiting in a hot tureen!*
*Who for such dainties would not stoop?*
*Soup of the evening, beautiful Soup!*
*Soup of the evening, beautiful Soup!*
*Beau—ootiful Soo—oop!*
*Beau—ootiful Soo—oop!*

*« En passant devant son jardin, j'ai remarqué*
*Le Tigre et le Hibou qui mangeaient un pâté ;*

— À quoi cela sert-il de répéter toutes ces sornettes », dit la Simili-Tortue en l'interrompant, « si tu n'expliques pas au fur et à mesure ce qu'elles signifient ? Jamais de ma vie je n'ai entendu quelque chose d'aussi déconcertant !

— Oui, je crois que tu ferais mieux de t'arrêter », déclara le Griffon. (Et Alice fut trop heureuse de suivre ce conseil.) « Veux-tu que nous essayions de danser une autre figure du Quadrille des Homards ? poursuivit-il. Ou bien aimerais-tu mieux que la Simili-Tortue te chante une chanson ?

— Oh, une chanson, je vous en prie, si la Simili-Tortue veut être assez gentille pour en chanter une », répondit Alice avec tant d'empressement que le Griffon grommela d'un ton légèrement offensé : « Hum ! Il y a des gens qui ont des goûts bizarres ! Enfin, soit. Chante-lui : "*Soupe à la Tortue*", veux-tu, ma vieille ? »

La Simili-Tortue poussa un profond soupir, et commença d'une voix entrecoupée de sanglots[1] :

*« Belle Soupe, si riche et verte,*
*Fumant dans la soupière ouverte !*
*La foule autour de toi s'attroupe !*
*Soupe du soir, ô belle soupe !*
*Soupe du soir, ô belle soupe !*
*« Bê-êlle Sou-oupe !*
*Bê-êlle Sou-oupe !*

*Soo—oop of the e—e—evening,*
*Beautiful, beautiful Soup!*

*"Beautiful Soup! Who cares for fish,*
*Game, or any other dish?*
*Who would not give all else for two pennyworth*
*only of beautiful Soup?*
*Pennyworth only of beautiful Soup?*
*Beau—ootiful Soo—oop!*
*Beau—ootiful Soo—oop!*
*Soo—oop of the e—e—evening,*
*Beautiful, beauti—FUL SOUP!"*

"Chorus again!" cried the Gryphon, and the Mock Turtle had just begun to repeat it, when a cry of "The trial's beginning!" was heard in the distance.

"Come on!" cried the Gryphon, and, taking Alice by the hand, it hurried off, without waiting for the end of the song.

"What trial is it?" Alice panted as she ran, but the Gryphon only answered "Come on!" and ran the faster, while more and more faintly came, carried on the breeze that followed them, the melancholy words:—

*"Soo—oop of the e—e—evening,*
*Beautiful, beautiful Soup!"*

*Sou-oupe du soi-oir !*
*Belle, belle Soupe !*

« *Belle Soupe ! Viande et poisson*
*Près de toi ne sont que poison !*
*J'en veux seulement pour deux sous,*
*Petite Soupe, ô ma belle Soupe !*
*Ô ma petite et belle Soupe !*
*Bê-êlle Sou-oupe !*
*Bê-êlle Sou-oupe !*
*Sou-oupe du soi-oir !*
*Belle, bê-ELLE SOUPE !*

— Répète le refrain ! » cria le Griffon. La Simili-Tortue avait commencé à le répéter, lorsqu'on entendit dans le lointain une voix qui clamait : « Le procès va s'ouvrir ! »

« Arrive ! » hurla le Griffon. Puis, prenant Alice par la main, il s'en alla en toute hâte, sans attendre la fin de la chanson.

« De quel procès s'agit-il ? » demanda Alice, toutc haletante, sans cesser de courir.

Mais le Griffon se contenta de répondre : « Arrive ! » en courant de plus belle, tandis que la brise portait jusqu'à eux ces paroles mélancoliques qui résonnaient de plus en plus faiblement :

« *Sou-oupe du soi-oir !*
*Belle, belle Soupe !* »

## CHAPTER XI

### *Who stole the tarts?*

The King and Queen of Hearts were seated on their throne when they arrived, with a great crowd assembled about them—all sorts of little birds and beasts, as well as the whole pack of cards: the Knave was standing before them, in chains, with a soldier on each side to guard him; and near the King was the White Rabbit, with a trumpet in one hand, and a scroll of parchment in the other. In the very middle of the court was a table, with a large dish of tarts upon it: they looked so good, that it made Alice quite hungry to look at them—"I wish they'd get the trial done," she thought, "and hand round the refreshments!" But there seemed to be no chance of this, so she began looking at everything about her to pass away the time.

Alice had never been in a court of justice before,

## CHAPITRE XI

### *Qui a volé les tartes ?*

Lorsque Alice et le Griffon arrivèrent, le Roi et la Reine de Cœur étaient assis sur leur trône, au milieu d'une grande foule composée de toutes sortes de petits animaux et de petits oiseaux, ainsi que de toutes les cartes du jeu. Devant eux se trouvait le Valet de Cœur, chargé de chaînes, gardé par deux soldats ; près du Roi, on voyait le Lapin Blanc qui tenait une trompette d'une main et un rouleau de parchemin de l'autre. Au centre exact de l'enceinte où siégeait le tribunal se trouvait une table couverte d'un grand plat de tartes : elles avaient l'air si bonnes qu'Alice eut très faim rien qu'à les regarder. « Je voudrais bien que le procès s'achève, se dit-elle, et qu'on fasse circuler les rafraîchissements ! » Mais il semblait n'y avoir guère de chance que son vœu se réalisât ; aussi commença-t-elle à regarder tout autour d'elle pour passer le temps.

Alice n'avait jamais pénétré dans une salle de tribunal,

but she had read about them in books, and she was quite pleased to find that she knew the name of nearly everything there. "That's the judge," she said to herself, "because of his great wig."

The judge, by the way, was the King, and as he wore his crown over the wig, (look at the frontispiece if you want to see how he did it,) he did not look at all comfortable, and it was certainly not becoming.

"And that's the jury-box," thought Alice, "and those twelve creatures," (she was obliged to say "creatures," you see, because some of them were animals, and some were birds,) "I suppose they are the jurors." She said this last word two or three times over to herself being rather proud of it: for she thought, and rightly too, that very few little girls of her age knew the meaning of it at all. However, "jury-men" would have done just as well.

The twelve jurors were all writing very busily on slates. "What are they doing?" Alice whispered to the Gryphon. "They can't have anything to put down yet, before the trial's begun."

"They're putting down their names," the Gryphon whispered in reply, "for fear they should forget them before the end of the trial."

"Stupid things!" Alice began in a loud indignant voice, but she stopped herself hastily, for the White Rabbit cried out, "Silence in the court!" and the King put on his spectacles

mais elle en avait lu diverses descriptions dans plusieurs livres et elle fut tout heureuse de constater qu'elle savait le nom de presque tout ce qui s'y trouvait. « Celui-là, c'est le juge, se dit-elle, puisqu'il a une perruque. »

Il faut préciser que le juge était le Roi. Comme il portait sa couronne par-dessus sa perruque (jetez un coup d'œil au frontispice si vous voulez voir comment il la portait), il avait l'air très mal à l'aise, et cet attirail était totalement dépourvu d'élégance.

« Ah ! voici le banc du jury, pensa Alice, et ces douze créatures » (elle était obligée d'employer le mot : « créature », car, voyez-vous, il y avait à la fois des animaux et des oiseaux), « je suppose que ce sont les jureurs. » Elle se répéta ce dernier mot deux ou trois fois, très fière de le savoir ; car elle pensait, à juste titre d'ailleurs, que très peu de petites filles de son âge en connaissaient la signification. Néanmoins, elle aurait pu tout aussi bien employer le mot : « jurés ».

Les douze « jureurs » étaient fort occupés à écrire sur des ardoises. « Que font-ils ? » demanda Alice au Griffon à voix basse. « Ils n'ont rien à écrire tant que le procès n'a pas commencé.

— Ils écrivent leur nom », répondit le Griffon dans un souffle, « de peur de l'oublier avant la fin du procès.

— Quels imbéciles ! » s'exclama-t-elle d'une voix forte et indignée. Mais elle se tut vivement, car le Lapin Blanc cria : « Silence ! » tandis que le Roi mettait ses lunettes

and looked anxiously round, to make out who was talking.

Alice could see, as well as if she were looking over their shoulders, that all the jurors were writing down "stupid things!" on their slates, and she could even make out that one of them didn't know how to spell "stupid," and that he had to ask his neighbour to tell him. "A nice muddle their slates 'll be in before the trial's over!" thought Alice.

One of the jurors had a pencil that squeaked. This of course, Alice could *not* stand, and she went round the court and got behind him, and very soon found an opportunity of taking it away. She did it so quickly that the poor little juror (it was Bill, the Lizard) could not make out at all what had become of it; so, after hunting all about for it, he was obliged to write with one finger for the rest of the day;

et regardait anxieusement autour de lui pour voir qui se permettait de parler.

Alice put voir, aussi distinctement que si elle avait regardé par-dessus leur épaule, que tous les jurés étaient en train d'écrire : « Quels imbéciles ! » sur leur ardoise, et que l'un d'eux, ne sachant pas orthographier : « imbéciles », était obligé de demander à son voisin de lui épeler le mot. « Il va y avoir un beau fouillis sur leurs ardoises d'ici la fin du procès ! » pensa-t-elle.

L'un d'eux avait un crayon qui grinçait. Naturellement, Alice ne put supporter cela : elle fit le tour du tribunal, se glissa derrière le juré, et eut vite trouvé l'occasion de lui subtiliser son crayon. Elle le fit si prestement que le pauvre petit juré (c'était Pierre, le Lézard) ne comprit absolument rien à ce qui s'était passé ; aussi, après avoir cherché partout son crayon, il fut obligé d'écrire avec un doigt pendant tout le temps que dura le procès,

and this was of very little use, as it left no mark on the slate.

"Herald, read the accusation!" said the King.

On this the White Rabbit blew three blasts on the trumpet, and then unrolled the parchment scroll, and read as follows:—

*"The Queen of Hearts, she made some tarts,*
*All on a summer day:*
*The Knave of Hearts, he stole those tarts,*
*And look them quite away!"*

"Consider your verdict," the King said to the jury.

"Not yet, not yet!" the Rabbit hastily interrupted. "There's a great deal to come before that!"

"Call the first witness," said the King; and the White Rabbit blew three blasts on the trumpet, and called out, "First witness!"

The first witness was the Hatter. He came in with a teacup in one hand, and a piece of bread-and-butter in the other. "I beg pardon, your Majesty," he began, "for bringing these in: but I hadn't quite finished my tea when I was sent for."

"You ought to have finished," said the King. "When did you begin?"

The Hatter looked at the March Hare, who had followed him into the court, arm-in-arm with the Dormouse. "Fourteenth of March, I *think* it was," he said.

ce qui ne servait pas à grand-chose car le doigt ne laissait aucune trace sur l'ardoise.

« Héraut, lisez l'acte d'accusation ! » s'écria le Roi.

Sur ce, le Lapin Blanc sonna trois fois de sa trompette, déroula le parchemin, et lut ce qui suit[1] :

*« La Reine de Cœur ayant fait des tartes*
*Par un beau jour d'été,*
*Le Valet de Cœur a volé ces tartes,*
*Et puis s'en est allé !*

— Délibérez pour rendre votre verdict, ordonna le Roi aux jurés.

— Pas encore, pas encore ! protesta le Lapin. Il y a beaucoup à faire avant d'en arriver là !

— Appelez le premier témoin », reprit le Roi.

Aussitôt le Lapin Blanc sonna trois fois de la trompette et cria : « Premier témoin ! »

Le premier témoin était le Chapelier. Il entra, tenant d'une main une tasse de thé et de l'autre une tartine beurrée. « Je demande pardon à Votre Majesté, commença-t-il, de me présenter ainsi, mais je n'avais pas tout à fait fini de prendre mon thé lorsqu'on est venu me chercher.

— Vous auriez dû avoir fini, rétorqua le Roi. Quand avez-vous commencé ? »

Le Chapelier regarda le Lièvre de Mars qui l'avait suivi dans la salle du Tribunal, bras dessus bras dessous avec le Loir. « Je crois bien que c'était le quatorze mars, dit-il.

"Fifteenth," said the March Hare.

"Sixteenth," added the Dormouse.

"Write that down," the King said to the jury, and the jury eagerly wrote down all three dates on their slates, and then added them up, and reduced the answer to shillings and pence.

"Take off your hat," the King said to the Hatter.

"It isn't mine," said the Hatter.

"*Stolen!*" the King exclaimed, turning to the jury, who instantly made a memorandum of the fact.

"I keep them to sell," the Hatter added as an explanation: "I've none of my own. I'm a hatter."

Here the Queen put on her spectacles, and began staring at the Hatter, who turned pale and fidgeted.

"Give your evidence," said the King; "and don't be nervous, or I'll have you executed on the spot."

— Le quinze, rectifia le Lièvre de Mars.

— Le seize, ajouta le Loir.

— Notez tout cela », dit le Roi aux jurés. Ceux-ci écrivirent avec ardeur les trois dates sur leur ardoise, puis ils les additionnèrent, et convertirent le total en francs et en centimes.

« Ôtez votre chapeau, ordonna le Roi au Chapelier.

— Il n'est pas à moi, protesta l'interpellé.

— *Volé !* » s'exclama le Roi, en se tournant vers les jurés qui, immédiatement, prirent note du fait.

« Je n'ai aucun chapeau qui m'appartienne, ajouta le Chapelier en guise d'explication. Je les vends, je suis chapelier de mon métier. »

Sur ce, la Reine mit ses lunettes, puis elle le regarda si fixement qu'il devint tout pâle et commença à s'agiter.

« Faites votre déposition, dit le Roi, et tâchez de vous calmer ; sans quoi, je vous fais exécuter sur-le-champ. »

This did not seem to encourage the witness at all: he kept shifting from one foot to the other, looking uneasily at the Queen, and in his confusion he bit a large piece out of his teacup instead of the bread-and-butter.

Just at this moment Alice felt a very curious sensation, which puzzled her a good deal until she made out what it was: she was beginning to grow larger again, and she thought at first she would get up and leave the court; but on second thoughts she decided to remain where she was as long as there was room for her.

"I wish you wouldn't squeeze so," said the Dormouse, who was sitting next to her. "I can hardly breathe."

"I can't help it," said Alice very meekly: "I'm growing."

"You've no right to grow *here*," said the Dormouse.

"Don't talk nonsense," said Alice more boldly: "you know you're growing too."

"Yes, but *I* grow at a reasonable pace," said the Dormouse: "not in that ridiculous fashion." And he got up very sulkily and crossed over to the other side of the court.

All this time the Queen had never left off staring at the Hatter, and, just as the Dormouse crossed the court, she said to one of the officers of the court,

Ceci n'eut pas l'air d'encourager du tout le témoin : il continua à se dandiner d'un pied sur l'autre tout en jetant vers la Reine des regards inquiets, et, dans son désarroi, il prit une grosse bouchée de sa tasse au lieu de mordre dans sa tartine.

Juste à ce moment, Alice éprouva une sensation très bizarre qui l'intrigua beaucoup jusqu'à ce qu'elle eût compris de quoi il s'agissait : elle recommençait à grandir. Sa première idée fut de se lever et de quitter la salle du Tribunal ; mais, à la réflexion, elle décida de rester où elle était, tant qu'il y aurait assez de place pour elle.

« Je voudrais bien que tu ne me serres pas comme ça », dit le Loir qui était assis à côté d'elle. « C'est tout juste si je peux respirer.

— Ce n'est pas ma faute », répondit Alice très humblement ; « je suis en train de grandir.

— Tu n'as absolument pas le droit de grandir, du moins pas ici, affirma le Loir.

— Ne dites donc pas de bêtises », répliqua Alice plus hardiment. « Vous savez bien que vous grandissez, vous aussi…

— Oui, mais moi, je grandis à une vitesse raisonnable, et pas de cette façon ridicule », fit observer le Loir. Sur ces mots, il se leva d'un air fort maussade, et alla s'installer à l'autre extrémité de la salle.

Pendant tout ce temps-là, la Reine n'avait pas cessé de regarder fixement le Chapelier, et, juste au moment où le Loir traversait la salle, elle ordonna à l'un des huissiers :

"Bring me the list of the singers in the last concert!" on which the wretched Hatter trembled so, that he shook both his shoes off.

"Give your evidence," the King repeated angrily, "or I'll have you executed, whether you're nervous or not."

"I'm a poor man, your Majesty," the Hatter began in a trembling voice, "and I hadn't but just begun my tea—not above a week or so—and what with the bread-and-butter getting so thin—and the twinkling of the tea——"

"The twinkling of *what?*" said the King.

"It *began* with the tea," the Hatter replied.

"Of course twinkling begins with a T!" said the King sharply. "Do you take me for a dunce? Go on!"

"I'm a poor man," the Hatter went on, "and most things twinkled after that—only the March Hare said——"

"I didn't!" the March Hare interrupted in a great hurry.

"You did!" said the Hatter.

"I deny it!" said the March Hare.

"He denies it," said the King: "leave out that part."

"Well, at any rate, the Dormouse said—" the Hatter went on, looking anxiously round to see if he would deny it too: but the Dormouse denied nothing, being fast asleep.

« Apportez-moi la liste des chanteurs du dernier concert ! » Là-dessus l'infortuné Chapelier se mit à trembler si fort qu'il en perdit ses souliers.

« Faites votre déposition », répéta le Roi d'un ton furieux, « sans quoi je vais vous faire exécuter, que vous ayez peur ou non.

— Je ne suis qu'un pauvre homme, Votre Majesté », débuta le Chapelier d'une voix tremblante, « et je n'avais pas encore commencé à prendre le thé… en tout cas pas depuis plus d'une semaine environ… et vu que, d'une part, les tartines devenaient de plus en plus minces… et que, d'autre part, les tintements du thé[1]…

— Les tintements du *quoi* ?

— Ça a *commencé* par un thé.

— Bien sûr que “tintement” commence par un T ! dit le Roi d'un ton aigre. Me prenez-vous pour un âne bâté ? Continuez !

— Je ne suis qu'un pauvre homme, reprit le Chapelier, et après ça, tout s'est mis à tinter… mais le Lièvre de Mars a dit que…

— C'est faux ! » interrompit le Lièvre de Mars très vivement.

« Tu l'as dit ! riposta le Chapelier.

— Je le nie ! protesta le Lièvre de Mars.

— Il le nie, déclara le Roi. Laissez ce sujet de côté.

— Soit. De toute façon, le Loir a dit… », continua le Chapelier en jetant autour de lui un regard inquiet pour voir si le Loir allait nier, lui aussi. Mais il ne nia rien, car il dormait profondément.

"After that," continued the Hatter, "I cut some more bread-and-butter——"

"But what did the Dormouse say?" one of the jury asked.

"That I can't remember," said the Hatter.

"You *must* remember," remarked the King, "or I'll have you executed."

The miserable Hatter dropped his teacup and bread-and-butter, and went down on one knee. "I'm a poor man, your Majesty," he began.

"You're a *very* poor *speaker,*" said the King.

Here one of the guinea-pigs cheered, and was immediately suppressed by the officers of the court. (As that is rather a hard word, I will just explain to you how it was done. They had a large canvass bag, which tied up at the mouth with strings: into this they slipped the guinea-pig, head first, and then sat upon it.)

"I'm glad I've seen that done," thought Alice. "I've so often read in the newspapers, at the end of trials, 'There was some attempt at applause, which was immediately suppressed by the officers of the court,' and I never understood what it meant till now."

"If that's all you know about it, you may stand down," continued the King.

« Après cela, reprit le Chapelier, j'ai coupé d'autres tartines…

— Mais qu'est-ce qu'a dit le Loir ? demanda l'un des jurés.

— Je ne peux pas me le rappeler, répondit le Chapelier.

— Il faut absolument vous le rappeler, dit le Roi ; sans quoi je vais vous faire exécuter. »

Le pitoyable Chapelier laissa tomber sa tasse et sa tartine, et mit un genou en terre.

« Je ne suis qu'un pauvre homme, Votre Majesté, commença-t-il.

— Vous êtes surtout un bien pauvre *orateur* », déclara le Roi.

À ces mots, un des cochons d'Inde applaudit, et fut immédiatement étouffé par les huissiers. (Comme cela peut paraître difficile à comprendre, je vais vous expliquer comment ils procédèrent : ils avaient un grand sac de toile dont on fermait l'ouverture par des ficelles ; ils y fourrèrent le cochon d'Inde, la tête la première, puis ils s'assirent sur lui.)

« Je suis bien contente d'avoir vu ça, pensa Alice. J'ai lu très souvent dans les journaux, à la fin du compte rendu d'un procès : "Il y eut une tentative d'applaudissement qui fut immédiatement étouffée par les huissiers" mais, jusqu'aujourd'hui, je n'avais jamais compris ce que ça voulait dire. »

« Si c'est tout ce que vous savez de cette affaire, vous pouvez descendre, continua le Roi.

"I can't go no lower," said the Hatter: "I'm on the floor, as it is."

"Then you may *sit* down," the King replied.

Here the other guinea-pig cheered, and was suppressed.

"Come, that finished the guinea-pigs!" thought Alice. "Now we shall get on better."

"I'd rather finish my tea," said the Hatter, with an anxious look at the Queen, who was reading the list of singers.

"You may go," said the King, and the Hatter hurriedly left the court, without even waiting to put his shoes on.

"——and just take his head off outside," the Queen added to one of the officers; but the Hatter was out of sight before the officer could get to the door.

"Call the next witness!" said the King.

The next witness was the Duchess' cook. She carried the pepper-box in her hand, and Alice guessed who it was, even before she got into the court,

— Je ne peux pas aller plus bas, dit le Chapelier, je suis déjà sur le plancher.

— Alors, asseyez-vous », répliqua le Roi.

À ces mots, le second cochon d'Inde applaudit, et fut aussitôt étouffé.

« Bon, nous voilà débarrassés des cochons d'Inde ! pensa Alice. À présent, ça va aller mieux. »

« Je préférerais finir mon thé », répondit le Chapelier en jetant un regard inquiet à la Reine qui était en train de lire la liste des chanteurs.

« Vous pouvez vous retirer », dit le Roi. Là-dessus le Chapelier partit en toute hâte, sans même prendre la peine de remettre ses souliers.

« ... et ne manquez pas de lui couper la tête dès qu'il sera dehors », ajouta la Reine à l'adresse d'un des huissiers. Mais le Chapelier avait disparu avant même que l'huissier fût arrivé à la porte.

« Appelez le témoin suivant ! » ordonna le Roi.

Le témoin suivant était la cuisinière de la Duchesse. Elle portait à la main sa boîte de poivre, et Alice devina ce qui allait arriver, avant même qu'elle ne pénétrât dans la salle,

by the way the people near the door began sneezing all at once.

"Give your evidence," said the King.

"Shan't," said the cook.

The King looked anxiously at the White Rabbit, who said in a low voice, "Your Majesty must cross-examine *this* witness."

"Well, if I must, I must," the King said with a melancholy air, and, after folding his arms and frowning at the cook till his eyes were nearly out of sight, he said in a deep voice, "What are tarts made of?"

"Pepper, mostly," said the cook.

"Treacle," said a sleepy voice behind her.

"Collar that Dormouse!" the Queen shrieked out. "Behead that Dormouse! Turn that Dormouse out of court! Suppress him! Pinch him! Off with his whiskers!"

For some minutes the whole court was in confusion, getting the Dormouse turned out, and, by the time they had settled down again, the cook had disappeared.

"Never mind!" said the King, with an air of great relief. "Call the next witness." And he added in an undertone to the Queen, "Really, my dear, *you* must cross-examine the next witness. It quite makes my forehead ache!"

lorsque les gens qui se trouvaient près de la porte commencèrent à éternuer tous à la fois.

« Faites votre déposition, dit le Roi.

— Je refuse », répliqua la cuisinière.

Le Roi jeta un regard inquiet au Lapin Blanc qui murmura à son oreille : « Il faut absolument que Votre Majesté fasse subir un contre-interrogatoire à ce témoin.

— Allons, puisqu'il le faut !… » dit le Roi d'un ton mélancolique. Ensuite, après avoir croisé les bras et froncé les sourcils à un point tel qu'on ne voyait presque plus ses yeux, il demanda à la cuisinière d'une voix caverneuse : « Avec quoi fait-on les tartes ?

— Avec du poivre, presque toujours, répondit-elle.

— Avec de la mélasse », murmura derrière elle une voix endormie.

« Prenez ce Loir au collet ! hurla la Reine. Coupez la tête à ce Loir ! Expulsez ce Loir ! Étouffez-le ! Pincez-le ! Coupez-lui les moustaches ! »

Pendant les quelques minutes nécessaires à l'expulsion du coupable, le plus grand désordre régna dans la salle du Tribunal, et, quand tout le monde eut regagné sa place, la cuisinière avait disparu.

« Peu importe ! » dit le Roi d'un air très soulagé. « Appelez le témoin suivant. » Et il ajouta à voix basse, à l'adresse de la Reine : « Vraiment, ma chère amie, c'est à vous de faire subir un contre-interrogatoire au témoin suivant. Ça me donne une telle migraine ! »

Alice watched the White Rabbit as he fumbled over the list, feeling very curious to see what the next witness would be like, "—for they haven't got much evidence *yet*," she said to herself. Imagine her surprise, when the White Rabbit read out, at the top of his shrill little voice, the name "Alice!"

Alice regardait le Lapin Blanc chercher nerveusement qui serait le témoin suivant, « car, jusqu'à présent, ils n'ont pas beaucoup de preuves », se disait-elle. Imaginez sa surprise, lorsque le Lapin Blanc cria très fort, de sa petite voix aiguë : « Alice ! »

## CHAPTER XII

### *Alice's evidence*

"Here!" cried Alice, quite forgetting in the flurry of the moment how large she had grown in the last few minutes, and she jumped up in such a hurry that she tipped over the jury-box with the edge of her skirt, upsetting all the jurymen on to the heads of the crowd below, and there they lay sprawling about, reminding her very much of a globe of gold-fish she had accidentally upset the week before.

"Oh, I *beg* your pardon!" she exclaimed in a tone of great dismay, and began picking them up again as quickly as she could, for the accident of the gold-fish kept running in her head, and she had a vague sort of idea that they must be collected at once and put back into the jury-box, or they would die.

"The trial cannot proceed," said the King in a very grave voice, "until all the jurymen are back in their proper places—

## CHAPITRE XII

### *La déposition d'Alice*

« Présente ! » répondit Alice. Elle était si troublée qu'elle en oublia combien elle avait grandi pendant les quelques dernières minutes, et elle se leva d'un bond, si brusquement qu'elle renversa le banc des jurés avec le bas de sa jupe. Les jurés dégringolèrent sur la tête des assistants placés au-dessous, puis ils restèrent étalés les quatre fers en l'air, lui rappelant beaucoup les poissons rouges d'un bocal qu'elle avait renversé par accident huit jours auparavant.

« Oh ! je vous demande bien pardon ! » s'exclama-t-elle d'une voix consternée. Ensuite, elle se mit à relever les jurés aussi vite que possible, car elle ne cessait de penser aux poissons rouges, et elle s'imaginait très vaguement qu'il fallait les ramasser et les remettre sur leur banc sans perdre une seconde, faute de quoi ils allaient mourir.

« Le procès ne peut continuer », déclara le Roi d'un ton fort grave, « avant que tous les jurés ne soient remis exactement à leur place…

*all*," he repeated with great emphasis, looking hard at Alice as he said so.

Alice looked at the jury-box, and saw that, in her haste, she had put the Lizard in head downwards, and the poor little thing was waving its tail about in a melancholy way, being quite unable to move. She soon got it out again, and put it right; "not that it signifies much," she said to herself; "I should think it would be *quite* as much use in the trial one way up as the other."

As soon as the jury had a little recovered from the shock of being upset, and their slates and pencils had been found and handed back to them, they set to work very diligently to write out a history of the accident,

*Tous* », répéta-t-il en appuyant sur ce mot et en fixant Alice droit dans les yeux.

La fillette regarda le banc des jurés. Elle vit que, dans sa précipitation, elle avait remis le Lézard la tête en bas, et que la pauvre bête, incapable de se tirer d'affaire toute seule, agitait mélancoliquement sa queue dans tous les sens. Elle eut vite fait de le replacer dans une position normale, « bien que, pensa-t-elle, ça n'ait pas beaucoup d'importance : je ne crois pas qu'il puisse servir à grand-chose pour ce procès, dans un sens comme dans l'autre. »

Dès que les jurés furent un peu remis de leur émotion, dès qu'on eut retrouvé et qu'on leur eut rendu leur crayon et leur ardoise, ils se mirent à rédiger en détail, avec beaucoup d'application, l'histoire de leur accident ;

all except the Lizard, who seemed too much overcome to do anything but sit with its mouth open, gazing up into the roof of the court.

"What do you know about this business?" the King said to Alice.

"Nothing," said Alice.

"Nothing *whatever?*" persisted the King.

"Nothing whatever," said Alice.

"That's very important," the King said, turning to the jury. They were just beginning to write this down on their slates, when the White Rabbit interrupted: "*Un*important, your Majesty means, of course," he said in a very respectful tone, but frowning and making faces at him as he spoke.

"*Un*important, of course, I meant," the King hastily said, and went on to himself in an undertone, "important—unimportant—unimportant—important——" as if he were trying which word sounded best.

Some of the jury wrote it down "important," and some "unimportant." Alice could see this, as she was near enough to look over their slates; "but it doesn't matter a bit," she thought to herself.

At this moment the King, who had been for some time busily writing in his note-book, called out "Silence!" and read out from his book, "Rule Forty-two.

tous sauf le Lézard qui avait l'air trop accablé pour faire autre chose que rester assis, la bouche grande ouverte, à regarder le plafond.

« Que savez-vous de cette affaire ? demanda le Roi à Alice.

— Rien.

— *Absolument* rien ?

— Absolument rien.

— Voilà une chose d'importance », déclara le Roi en se tournant vers les jurés.

Ceux-ci s'apprêtaient à écrire sur leur ardoise lorsque le Lapin Blanc intervint.

« Votre Majesté a voulu dire : "*sans* importance", naturellement », dit-il d'un ton très respectueux, mais en fronçant les sourcils et en faisant des grimaces.

« *Sans* importance, naturellement, ai-je voulu dire », reprit vivement le Roi. Après quoi, il se mit à répéter à voix basse pour lui tout seul : « d'importance, sans importance, sans importance, d'importance », comme s'il essayait de trouver ce qui sonnait le mieux.

Certains jurés notèrent : « d'importance », et d'autres : « sans importance ». Alice s'en aperçut, car elle était assez près d'eux pour lire sur leurs ardoises ; « mais, de toute façon, pensa-t-elle, ça n'a pas la moindre importance ».

À ce moment, le Roi, qui avait été pendant quelque temps fort occupé à griffonner sur son carnet, cria : « Silence ! » et se mit à lire à haute voix : « Article Quarante-Deux :

*All persons more than a mile high to leave the court.*"

Everybody looked at Alice.

"*I'm* not a mile high," said Alice.

"You are," said the King.

"Nearly two miles high," added the Queen.

"Well, I shan't go, at any rate," said Alice; "besides, that's not a regular rule: you invented it just now."

"It's the oldest rule in the book," said the King.

"Then it ought to be Number One," said Alice.

The King turned pale, and shut his notebook hastily. "Consider your verdict," he said to the jury, in a low trembling voice.

"There's more evidence to come yet, please your Majesty," said the White Rabbit, jumping up in a great hurry; "this paper has just been picked up."

"What's in it?" said the Queen.

"I haven't opened it yet," said the White Rabbit, "but it seems to be a letter, written by the prisoner to—to somebody."

"It must have been that," said the King, "unless it was written to nobody, which isn't usual, you know."

"Who is it directed to?" said one of the jurymen.

"It isn't directed at all," said the White Rabbit; "in fact, there's nothing written on the *outside.*"

*Toute personne dépassant un kilomètre de haut doit quitter le Tribunal.* »

Chacun regarda Alice.

« Moi, je n'ai pas un kilomètre de haut, dit Alice.

— Si fait, affirma le Roi.

— Près de deux kilomètres, ajouta la Reine.

— De toute façon, je ne m'en irai pas, déclara Alice. D'ailleurs cet article ne fait pas partie du code : vous venez de l'inventer à l'instant.

— C'est l'article le plus ancien du code, dit le Roi.

— En ce cas, il devrait porter le Numéro Un », fit observer Alice.

Le Roi pâlit, et referma vivement son carnet. « Délibérez pour rendre votre verdict, ordonna-t-il aux jurés d'une voix basse et tremblante.

— Plaise à Votre Majesté, il y a encore d'autres preuves à examiner », dit le Lapin Blanc en se levant d'un bond. « On vient de trouver ce papier.

— Que contient-il ? demanda la Reine.

— Je ne l'ai pas encore ouvert, répondit le Lapin Blanc, mais cela ressemble à une lettre, écrite par le prisonnier à… quelqu'un.

— Ça doit être ça, dit le Roi. À moins que cette lettre n'ait été écrite à personne, ce qui est plutôt rare, comme vous le savez.

— À qui est-elle adressée ? demanda l'un des jurés.

— Elle n'est adressée à personne, répondit le Lapin Blanc. En fait, il n'y a rien d'écrit à l'*extérieur.* »

He unfolded the paper as he spoke, and added, "It isn't a letter, after all: it's a set of verses."

"Are they in the prisoner's handwriting?" asked another of the jurymen.

"No, they're not," said the White Rabbit, "and that's the queerest thing about it." (The jury all looked puzzled.)

"He must have imitated somebody else's hand," said the King. (The jury all brightened up again.)

"Please your Majesty," said the Knave, "I didn't write it, and they can't prove I did: there's no name signed at the end."

"If you didn't sign it," said the King, "that only makes the matter worse. You *must* have meant some mischief, or else you'd have signed your name like an honest man."

There was a general clapping of hands at this: it was the first really clever thing the King had said that day.

"That *proves* his guilt," said the Queen.

"It proves nothing of the sort!" said Alice. "Why, you don't even know what they're about!"

"Read them," said the King.

The White Rabbit put on his spectacles. "Where shall I begin, please your Majesty?" he asked.

"Begin at the beginning," the King said, gravely, "and go on till you come to the end: then stop."

Il déplia le papier tout en parlant, puis il ajouta : « Après tout, ce n'est pas une lettre ; c'est une pièce de vers.

— Ces vers sont-ils de la main du prisonnier ? demanda un autre juré.

— Non, répondit le Lapin Blanc ; et c'est bien ce qu'il y a de plus bizarre. » (Tous les jurés prirent un air déconcerté.)

« Il a dû imiter l'écriture de quelqu'un », dit le Roi. (À ces mots, le visage des jurés se dérida.)

« Plaise à Votre Majesté, déclara le Valet de Cœur, je n'ai pas écrit ces vers, et personne ne peut prouver que je les ai écrits : ils ne sont pas signés.

— Si vous ne les avez pas signés, rétorqua le Roi, alors cela ne fait qu'aggraver votre cas. Si vous n'aviez pas eu de mauvaises intentions, vous auriez signé de votre nom, comme un honnête homme. »

À ces mots, tout le monde se mit à applaudir, car c'était la seule chose vraiment intelligente que le Roi eût dite depuis le début de la journée.

« Cela prouve formellement sa culpabilité, déclara la Reine.

— Cela ne prouve rien du tout ! s'exclama Alice. Allons donc ! vous ne savez même pas de quoi il est question dans ces vers !

— Lisez-les », ordonna le Roi.

Le Lapin Blanc mit ses lunettes. « Plaise à Votre Majesté, où dois-je commencer ? demanda-t-il.

— Commencez au commencement », dit le Roi d'un ton grave, « et continuez jusqu'à ce que vous arriviez à la fin ; ensuite, arrêtez-vous. »

These were the verses the White Rabbit read:—

*“They told me you had been to her,*
*And mentioned me to him:*
*She gave me a good character,*
*But said I could not swim.*

*He sent them word I had not gone*
*(We know it to be true):*
*If she should push the matter on,*
*What would become of you?*

*I gave her one, they gave him two,*
*You gave us three or more;*
*They all returned from him to you,*
*Though they were mine before.*

*If I or she should chance to be*
*Involved in this affair,*
*He trusts to you to set them free,*
*Exactly as we were.*

*My notion was that you had been*
*(Before she had this fit)*
*An obstacle that came between*
*Him, and ourselves, and it.*

*Don’t let him know she liked them best,*
*For this must ever be*
*A secret, kept from all the rest,*
*Between yourself and me.”*

Voici les vers que lut le Lapin Blanc[1] :

*« Vous avez conversé avec elle, dit-on,*
*Et lui vous a parlé de moi :*
*Elle a dit que je nageais moins bien qu'un poisson,*
*Mais que j'étais digne de foi.*

*« Il leur a fait savoir que j'étais toujours là*
*(Nous n'ignorons pas que c'est vrai) :*
*Si elle poussait plus loin l'affaire que voilà,*
*Où donc vous iriez-vous fourrer ?*

*« Je lui en ai donné une, ils lui en ont donné deux,*
*Vous nous en avez donné trois,*
*Et lui vous les a bien rendues devant mes yeux :*
*Pourtant elles étaient à moi.*

*« S'il advient qu'elle ou moi nous soyons par hasard*
*Très compromis par ce procès,*
*Vous les libérerez, pense-t-il, sans retard,*
*Tout comme on nous a libérés.*

*« Moi, je m'imaginais que vous aviez été,*
*(Vu l'attaque qu'elle subit)*
*Un grand obstacle qui s'était interposé*
*Entre lui, et nous, et ceci.*

*« Il ne doit pas savoir qu'elle les aimait mieux ;*
*Et, si vous savez rester coi,*
*Nul n'apprendra ce grand secret mystérieux*
*Bien gardé par elle et par moi.*

"That's the most important piece of evidence we've heard yet," said the King, rubbing his hands; "so now let the jury——"

"If any one of them can explain it," said Alice, (she had grown so large in the last few minutes that she wasn't a bit afraid of interrupting him,) "I'll give him sixpence. *I* don't believe there's an atom of meaning in it."

The jury all wrote down on their slates, "*She* doesn't believe there's an atom of meaning in it," but none of them attempted to explain the paper.

"If there's no meaning in it," said the King, "that saves a world of trouble, you know, as we needn't try to find any. And yet I don't know," he went on, spreading out the verses on his knee, and looking at them with one eye; "I seem to see some meaning in them, after all. '*—said I could not swim—*' you can't swim, can you?" he added, turning to the Knave.

— C'est la preuve la plus importante que nous ayons eue jusqu'ici », dit le Roi, en se frottant les mains. « En conséquence, que le jury…

— S'il y a un seul juré capable d'expliquer ces vers », déclara Alice (elle avait tellement grandi au cours des quelques dernières minutes qu'elle n'avait pas du tout peur d'interrompre le Roi), « je lui donnerai une pièce de dix sous. À mon avis, ils n'ont absolument aucun sens. »

Tous les jurés écrivirent sur leurs ardoises : « À son avis, ils n'ont absolument aucun sens » mais nul d'entre eux n'essaya d'expliquer les vers.

« S'ils n'ont aucun sens, dit le Roi, cela nous évite beaucoup de mal, car nous n'avons pas besoin d'en chercher un… Et pourtant, je me demande si c'est vrai », continua-t-il, en étalant la feuille de papier sur ses genoux et en lisant les vers d'un œil ; « il me semble qu'ils veulent dire quelque chose, après tout… Ainsi : "*que je nageais moins bien qu'un poisson*"… Vous ne savez pas nager, n'est-ce pas ? » demanda-t-il au Valet.

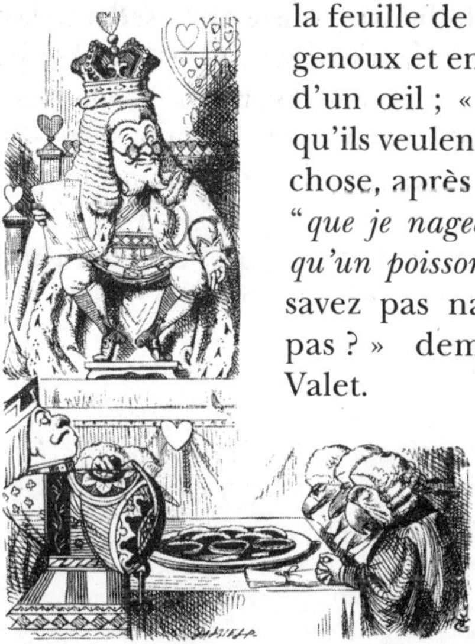

The Knave shook his head sadly. "Do I look like it?" he said. (Which he certainly did *not*, being made entirely of cardboard.)

"All right, so far," said the King, and he went on muttering over the verses to himself: "'*We know it to be true*—' that's the jury, of course— '*I gave her one, they gave him two*—' why, that must be what he did with the tarts, you know—"

"But, it goes on '*they all returned from him to you*,'" said Alice.

"Why, there they are!" said the King triumphantly, pointing to the tarts on the table. "Nothing can be clearer than *that*. Then again—'*before she had this fit*—' you never had fits, my dear, I think?" he said to the Queen.

"Never!" said the Queen furiously, throwing an inkstand at the Lizard as she spoke. (The unfortunate little Bill had left off writing on his slate with one finger, as he found it made no mark; but he now hastily began again, using the ink, that was trickling down his face, as long as it lasted.)

"Then the words don't *fit* you," said the King, looking round the court with a smile. There was a dead silence.

Celui-ci secoua la tête tristement. « Ai-je l'air de quelqu'un qui sait nager ? » dit-il. (Et il n'en avait certainement pas l'air, vu qu'il était fait entièrement de carton.)

« Jusqu'ici, tout va bien », déclara le Roi. Puis, il continua à lire les vers à voix basse : « "*Nous n'ignorons pas que c'est vrai*"... Il s'agit des jurés, naturellement... "*Je lui en ai donné une, ils lui en ont donné deux*"... Mais voyons, c'est clair : c'est ce qu'il a dû faire des tartes.

— Regardez donc la suite : "*Et lui vous les a bien rendues*", dit Alice.

— Bien sûr, les voici ! » s'écria le Roi d'une voix triomphante, en montrant du doigt les tartes qui se trouvaient sur la table. « Cela me paraît clair comme le jour. Quant à ceci : "*Vu l'attaque qu'elle subit*"... Je crois que vous n'avez jamais eu d'attaque, n'est-ce pas, ma chère amie ? demanda-t-il à la Reine.

— Jamais ! » s'exclama-t-elle d'une voix furieuse, tout en jetant un encrier à la tête du Lézard. (L'infortuné petit Pierre avait cessé d'écrire sur son ardoise avec un doigt, après s'être aperçu que cela ne laissait aucune trace ; mais il se remit vivement à la besogne en utilisant l'encre qui dégoulinait le long de son visage jusqu'à ce qu'elle fût sèche.)

« Si vous n'avez jamais eu d'attaque, ce n'est pas vous qu'on attaque[1] », dit le Roi. Puis, il regarda autour de lui en souriant d'un air satisfait. Il y eut un silence de mort.

"It's a pun!" the King added in an angry tone, and everybody laughed. "Let the jury consider their verdict," the King said, for about the twentieth time that day.

"No, no!" said the Queen. "Sentence first—verdict afterwards."

"Stuff and nonsense!" said Alice loudly. "The idea of having the sentence first!"

"Hold your tongue!" said the Queen, turning purple.

"I won't!" said Alice.

"Off with her head!" the Queen shouted at the top of her voice. Nobody moved.

"Who cares for you?" said Alice, (she had grown to her full size by this time.) "You're nothing but a pack of cards!"

« C'est un jeu de mots ! » ajouta-t-il d'un ton vexé.

Et tout le monde éclata de rire. « Que les jurés délibèrent pour rendre leur verdict », ordonna le Roi pour la vingtième fois de la journée.

« Non, non ! dit la Reine. La sentence d'abord, la délibération ensuite.

— C'est stupide ! » protesta Alice d'une voix forte. « En voilà une idée !

— Taisez-vous ! » ordonna la Reine, pourpre de fureur.

« Je ne me tairai pas ! répliqua Alice.

— Qu'on lui coupe la tête ! » hurla la Reine de toutes ses forces. Personne ne bougea.

« Qui fait attention à vous ? » demanda Alice (qui avait maintenant retrouvé sa taille normale). « Vous n'êtes qu'un jeu de cartes ! »

At this the whole pack rose up into the air, and came flying down upon her; she gave a little scream, half of fright and half of anger, and tried to beat them off, and found herself lying on the bank, with her head in the lap of her sister, who was gently brushing away some dead leaves that had fluttered down from the trees upon her face.

"Wake up, Alice dear!" said her sister; "Why, what a long sleep you've had!"

"Oh, I've had such a curious dream!" said Alice, and she told her sister, as well as she could remember them, all these strange Adventures of hers that you have just been reading about; and when she had finished, her sister kissed her, and said, "It *was* a curious dream, dear, certainly: but now run in to your tea; it's getting late." So Alice got up and ran off, thinking while she ran, as well she might, what a wonderful dream it had been.

* * *

But her sister sat still just as she left her, leaning her head on her hand, watching the setting sun, and thinking of little Alice and all her wonderful Adventures, till she too began dreaming after a fashion, and this was her dream:—

First, she dreamed of little Alice herself:—once again the tiny hands were clasped upon her knee, and the bright eager eyes were looking up into hers—

À ces mots, toutes les cartes montèrent dans l'air et lui retombèrent dessus. Elle poussa un petit cri de colère et de frayeur, essaya de les repousser avec ses mains, et se retrouva couchée sur le talus, la tête sur les genoux de sa sœur qui enlevait doucement de son visage quelques feuilles mortes tombées des arbres.

« Alice, ma chérie, réveille-toi ! lui dit sa sœur. Comme tu as dormi longtemps !

— Oh, quel rêve bizarre je viens de faire ! » s'exclama Alice. Et elle se mit à raconter, autant qu'elle pouvait se les rappeler, toutes les étranges Aventures que vous venez de lire. Lorsqu'elle eut fini, sa sœur l'embrassa et dit : « C'était un rêve vraiment très bizarre, ma chérie ; mais, à présent, rentre vite à la maison pour prendre ton thé ; il commence à se faire tard. » Alice se leva et s'en alla en courant, tout en réfléchissant de son mieux au rêve merveilleux qu'elle venait de faire.

⋆ ⋆ ⋆

Mais sa sœur resta assise sans bouger à l'endroit où sa cadette l'avait laissée, la tête appuyée sur une main, regardant le soleil se coucher, songeant à Alice et à ses merveilleuses Aventures, jusqu'à ce qu'elle aussi se mît à rêver tout éveillée. Et voici quel fut son rêve.

D'abord elle rêva de la petite Alice. De nouveau les petites mains furent croisées sur ses genoux, les yeux avides et brillants furent fixés sur les siens ;

she could hear the very tones of her voice, and see that queer little toss of her head, to keep back the wandering hair that *would* always get into her eyes—and still as she listened, or seemed to listen, the whole place around her became alive with the strange creatures of her little sister's dream.

The long grass rustled at her feet as the White Rabbit hurried by—the frightened Mouse splashed his way through the neighbouring pool—she could hear the rattle of the teacups as the March Hare and his friends shared their never-ending meal, and the shrill voice of the Queen ordering off her unfortunate guests to execution—once more the pig-baby was sneezing on the Duchess' knee, while plates and dishes crashed around it—once more the shriek of the Gryphon, the squeaking of the Lizard's slate-pencil, and the choking of the suppressed guinea-pigs, filled the air, mixed up with the distant sobs of the miserable Mock Turtle.

So she sat on, with closed eyes, and half believed herself in Wonderland, though she knew she had but to open them again and all would change to dull reality—the grass would be only rustling in the wind, and the pool rippling to the waving of the reeds—the rattling teacups would change to tinkling sheep-bells, and the Queen's shrill cries to the voice of the shepherd boy—

elle crut entendre le timbre même de sa voix, elle crut voir le petit mouvement de sa tête rejetée en arrière pour écarter les cheveux qui avaient la fâcheuse habitude de lui tomber sur les yeux ; et, tandis qu'elle écoutait, ou croyait écouter, il lui sembla voir s'agiter autour d'elle les créatures bizarres du rêve de sa petite sœur.

Les longues herbes se mirent à bruire à ses pieds tandis que le Lapin Blanc passait en hâte… La Souris effrayée traversa la mare voisine avec un léger clapotis… Elle entendit le bruit des tasses à thé du Lièvre de Mars et de ses amis, éternellement attablés devant leur éternel goûter, et la voix aiguë de la Reine ordonnant l'exécution de ses malheureux invités… Une fois encore le bébé-cochon éternua sur les genoux de la Duchesse, tandis que plats et assiettes s'écrasaient autour de lui… Une fois encore le cri du Griffon, le grincement du crayon sur l'ardoise du Lézard, les faibles soupirs des cochons d'Inde étouffés, remplirent l'espace, mêlés aux sanglots lointains de l'infortunée Simili-Tortue.

Elle resta ainsi, les yeux fermés, croyant presque être au Pays des Merveilles, tout en sachant fort bien qu'il lui suffirait de les rouvrir pour retrouver la terne réalité. L'herbe ne bruirait plus qu'au souffle du vent, et, seul, le balancement des tiges des roseaux ferait naître des rides à la surface de la mare… Le tintement des tasses à thé deviendrait le tintement des clochettes des moutons, les cris aigus de la Reine ne seraient plus que la voix du petit berger…

and the sneeze of the baby, the shriek of the Gryphon, and all the other queer noises, would change (she knew) to the confused clamour of the busy farm-yard—while the lowing of the cattle in the distance would take the place of the Mock Turtle's heavy sobs.

Lastly, she pictured to herself how this same little sister of hers would, in the after-time, be herself a grown woman; and how she would keep, through all her riper years, the simple and loving heart of her childhood: and how she would gather about her other little children, and make *their* eyes bright and eager with many a strange tale, perhaps even with the dream of Wonderland of long-ago: and how she would feel with all their simple sorrows, and find a pleasure in all their simple joys, remembering her own child-life, and the happy summer days.

Les éternuements du bébé, les cris du Griffon et tous les autres bruits étranges, se transformeraient (elle ne le savait que trop) en la rumeur confuse qui montait de la basse-cour, tandis que les meuglements lointains du bétail remplaceraient les lourds sanglots de la Simili-Tortue.

Finalement, elle se représenta cette même petite sœur devenue femme. Elle était certaine que, dans les années à venir, Alice garderait son cœur d'enfant, si aimant et si simple ; elle rassemblerait autour d'elle d'autres petits enfants, ses enfants à elle, et ce serait leurs yeux à eux qui deviendraient brillants et avides en écoutant mainte histoire extraordinaire, peut-être même cet ancien rêve du Pays des Merveilles. Elle partagerait tous leurs simples chagrins et prendrait plaisir à toutes leurs simples joies, en se rappelant sa propre enfance et les heureuses journées d'été.

# NOTES

*Page 35.*

1. Antipattes : en anglais, la prononciation du mot *antipathies* se rapproche beaucoup de celle de *antipodes.* Le traducteur a choisi de transposer sur le même modèle.

*Page 37.*

1. Dinah : c'était le nom de la chatte des enfants Liddell.

*Page 51.*

1. De plus-t-en plus curieux : le traducteur devait rendre un barbarisme anglais (*curiouser and curiouser*).

*Page 57.*

1. Selon certains mathématiciens, Carroll glisse un vrai casse-tête logique sous les apparences d'une simple « absurdité ». Alice ne pourrait en effet atteindre vingt, puisque la table de multiplication s'arrête traditionnellement à douze et que, dès lors, la progression mise en route par Alice se termine

nécessairement par « quatre fois douze font dix-neuf ».

*Page 59.*

1. Le poème que Carroll parodie ici est dû à Isaac Watts, pédagogue et prédicateur (1674-1748) qui en écrivit d'innombrables pour inculquer aux enfants morale et religion. Le texte de Watts commence ainsi : « *Voyez comme l'active abeille / Sait ensoleiller chaque heure, / En butinant du miel tout le long du jour / Sur chaque fleur éclose.* »

*Page 71.*

1. Les quatre animaux présentés ici renvoient aux quatre participants de la promenade en barque du 4 juillet 1862. Le Canard *(duck)* renvoie à Duckworth, le Lori à Lorina Liddell, l'Aiglon (*eaglet*), par une homophonie approximative, à sa sœur Edith, tandis que le Dodo renvoie à Dodgson lui-même, qui se moque ici de sa propre tendance au bégaiement.

*Page 73.*

1. Course au caucus : l'expression utilisée par Carroll *(a caucus race)* ne semble pas attestée avant lui. *Caucus* signifie d'abord « comité politique », mais aussi, péjorativement, « clique » (politique).

*Page 79.*

1. Le texte anglais était « *Speak English!* », le Dodo ayant employé des mots d'origine française (ou latine) qui « justifient » la critique de la Souris. Le traducteur a transposé.

*Page 85.*

1. Le traducteur a ajouté au texte original : « en

regardant sa queue » pour rendre le jeu de mots, à base d'homophonie, entre *tale* (histoire) et *tail* (queue), à partir duquel va se déployer l'imagination d'Alice et qui explique la disposition typographique voulue par Carroll pour que le récit de la Souris prenne la forme de sa queue.

*Page 89.*

1. En anglais la Souris dit : *I had not* (« je n'en ai rien fait »), mais Alice, toujours fascinée par la queue sinueuse, entend *knot* (dont le *k* ne se prononce pas), c'est-à-dire « nœud ». Le traducteur a transposé.

*Page 95.*

1. « Pierre et Pierres » : le titre anglais du chapitre est *The Rabbit sends in a little Bill*, qui signifie à la fois « Le Lapin envoie le petit Bill » et « Le Lapin envoie sa petite note ». Le traducteur a transposé, en baptisant *Bill* Pierre.

*Page 119.*

1. Carroll crée le personnage d'une Chenille (*Caterpillar*), mais lui donne le genre masculin, comme le confirme le fait qu'il fume un narguilé. Au contraire d'Henri Parisot, qui avait choisi de parler de « Bombyx » ou de « Ver à soie », Jacques Papy a préféré garder le sens littéral de *caterpillar*.

*Page 121.*

1. Le texte anglais fait dire à la Chenille *explain yourself*, qui signifie habituellement : « explique ce que tu as voulu dire ». Mais Alice, dans sa recherche d'identité, veut entendre : « explique ce que tu es ».

*Page 125.*

1. *Vous êtes vieux, Père William* : Carroll parodie ici un poème de Robert Southey (1774-1843) qui commence ainsi : « *Vous êtes vieux, Père William, s'écria le Jeune Homme, / Et les quelques mèches qu'il vous reste sont grises ; / Vous êtes encore, Père William, / Un vieil homme vigoureux et robuste. / Allons, dites-m'en la raison, je vous en prie.* »

*Page 153.*

1. Un chat du comté de Chester : le Chat du comté de Chester (c'est-à-dire, en anglais, du « Cheshire ») n'est pas une création de Carroll — qui d'ailleurs était originaire de ce comté, proche de Manchester — et l'expression « sourire comme un chat du Cheshire » était attestée à l'époque, sans qu'on connaisse son origine.

*Page 155.*

1. « Coupez-lui donc la tête ! » : le texte anglais fait apparaître une homophonie entre *axis* (« axe »), axe sur lequel tourne la terre, et *axes* (« des haches »). Le traducteur lui a substitué un jeu de mots sur « sans relâche » et « hache ».

*Page 157.*

1. Cette parodie de berceuse a pour modèle un poème d'attribution contestée, dont la première strophe dit : « *Parlez avec douceur ! Il vaut beaucoup mieux / Gouverner par l'amour que par la peur ; / Parlez avec douceur, que nul mot blessant ne ruine / Le bien que nous pourrions faire ici-bas !* »

*Page 165.*

1. « Ils sont fous tous les deux » : les deux personnages mentionnés par le Chat sont des créations directement inspirées de deux expressions populaires : *mad as a hatter* (« fou comme un chapelier ») et *mad as a March hare* (« fou comme un lièvre de mars », ou, plutôt, « en mars »). L'explication traditionnelle renvoie, pour la première, à l'effet produit sur les chapeliers par les vapeurs de mercure qu'on utilisait pour traiter le feutre, et, pour la seconde, à la période du rut, pendant laquelle les lièvres mâles se livrent à de frénétiques gambades...

*Page 169.*

1. « Cochon » ou « cocon » ? : le texte anglais oppose *pig* (« cochon ») à *fig* (« figue »).

*Page 179.*

1. Jacques Papy a omis le dernier membre de la phrase anglaise, qui était « et pourtant elle était exprimée en bon anglais ».

*Page 181.*

1. Dans la préface à la dernière réédition des *Aventures d'Alice au pays des merveilles* faite de son vivant (Noël 1897), Carroll propose une réponse à cette devinette : « Parce qu'il peut produire quelques notes, encore qu'elles ne fussent rien moins que claires ; et parce qu'on ne le met jamais le derrière devant. » Mais il ajoute : « Ceci, toutefois, n'est dit que réflexion faite ; la Devinette, telle qu'elle fut à l'origine inventée, n'avait pas de réponse du tout. » Henri Parisot est le premier à avoir traduit, dans son *Tout Alice*, la remarque de Carroll ; j'ai repris sa traduction.

2. « Il faut que je batte le temps » : dans le texte anglais, Alice dit au Chapelier : « *I know I have to beat time when I learn music* » (« je sais qu'à mon cours de musique il me faut battre la mesure »), à quoi le Chapelier répond — Carroll ayant soin, chaque fois que le Chapelier mentionne *time*, de l'écrire avec une capitale initiale — « *Ah ! that accounts for it. He won't stand beating.* » (« Ah ! voilà qui explique tout. Il ne supporte pas qu'on le batte. ») Le traducteur a choisi, pour rendre compte des interventions du Chapelier, de lui faire prononcer, un peu plus haut, une phrase de son cru : « Le Temps est un être vivant. »

*Page 183.*

1. « Je suppose que tu connais la chanson » : Carroll parodie ici un poème de Jane Taylor (1783-1824), auteur de livres, poèmes et comptines pour enfants, qui commence ainsi : « *Scintille, scintille, petite étoile, / Comme je suis curieuse de connaître ta nature ! / Toi, si loin au-dessus de nos têtes, / Pareille à un diamant dans le ciel.* »

*Page 187.*

1. Les trois petites sœurs renvoient directement aux trois sœurs Liddell : « Elsie » renvoie phonétiquement à l'initiale des deux prénoms de Lorina Charlotte ; « Lacie » est l'anagramme d'Alice ; « Tillie » est un diminutif de Matilda (Edith). Carroll, de surcroît, joue sur l'homophonie *little* (petites) et *Liddell.*

*Page 193.*

1. À dessiner : le texte anglais a recours, à propos du puits, au verbe *to draw*, qui signifie certes « tirer », donc « puiser », mais aussi « dessiner ». Le traducteur

a délibérément dissocié les deux acceptions de *to draw*.

2. Tout ce qui commence par « A » : dans le texte anglais, il s'agit de tout ce qui commence par « M ». Jacques Papy, pour pouvoir traduire, en fin d'énumération, *much of a muchness* (expression idiomatique équivalant à notre « bonnet blanc et blanc bonnet »), par « à peu près », a transposé.

*Page 203.*

1. On aura deviné que les personnages reprennent les couleurs d'un jeu de cartes. Le traducteur n'a cependant pas repris le double sens de l'anglais *club* : à la fois « gourdin », comme il l'indique en début de paragraphe, mais aussi « trèfle ».

*Page 209.*

1. « Leur tête a disparu » : le texte anglais joue sur l'ambiguïté de *to be gone* : à la Reine qui demande « *Are their heads off?* » (« Leurs têtes sont-elles parties — ou coupées ? »), les jardiniers répondent habilement : « Their heads are gone » (littéralement : « Leurs têtes s'en sont allées »).

*Page 227.*

1. Simili-Tortue : en anglais, *turtle soup* signifie « soupe à la tortue », mais *mock-turtle soup* signifie « ersatz de soupe à la tortue », en fait une soupe à base de tête de veau. Le jeu de langage est, en anglais, de nature grammaticale : le syntagme, qui devrait être *mock + turtle soup*, est transformé par Carroll en *mock turtle + soup*. Il fallait trouver une transposition en français.

*Page 231.*

1. Cette « morale » est fondée en anglais sur la parodie d'une formule populaire : *Take care of the pence and the pounds will take care of themselves* (« Occupez-vous des sous et les livres [sterling] s'occuperont d'elles-mêmes »), obtenue par la substitution de *sense* à *pence* et de *sounds* à *pounds.*

*Page 233.*

1. ... juger les gens sur la mine : l'anglais joue sur deux sens de *mine* quand il dit *The more there is of mine, the less there is of yours,* soit, littéralement : « Plus il y a du mien — ou : plus il y a de la mine — moins il y a du vôtre. » D'où le recours du traducteur aux deux sens de « mine ».

*Page 245.*

1. ... parce qu'elle savait le grec : le texte anglais exploite l'homophonie de *tortoise* (« tortue ») et *taught us* (« nous enseignait »). Pour trouver un équivalent français, le traducteur a ajouté la phrase : « J'ai lu quelque part que la Tortue Grecque est une Tortue d'eau douce », et a développé le concept de Tortue Grecque.

*Page 247.*

1. Dérision : toutes les matières scolaires évoquées dans le passage qui commence ici constituent des calembours inspirés par les matières de base enseignées à l'école : *reeling and writhing* (« l'enroulement et la contraction ») renvoient à *reading and writing* (« lire et écrire ») ; *ambition* renvoie à *addition, distraction* à *subtraction* (« soustraction »), *uglification* (« enlaidissement ») à *multiplication, mystery* (« mystère ») à

*history* (« l'histoire »), etc. Je laisse au lecteur le soin de repérer les transpositions auxquelles le traducteur a dû se livrer…

*Page 251.*

1. Ils deviennent chaque jour plus courts : le Griffon dit en anglais : *That's the reason they're called lessons : because they lessens* [sic] *from day to day* (« Voilà pourquoi on les appelle des leçons, parce qu'elles raccourcissent de jour en jour »), avec un calembour permis par l'homophonie *lessons* et *lessens.*

*Page 257.*

1. Le premier vers de la « chanson » parodie, tant dans le mètre que dans le thème, le début d'un poème de Mary Howitt : *L'araignée dit à la mouche : vous plairait-il d'entrer dans mon salon ?*

2. Un brochet : le texte anglais parle d'un marsouin *(porpoise).* C'est pour un jeu de mots à venir (voir p. 265, n. 1) que le traducteur a choisi « brochet ».

*Page 263.*

1. Dans le texte anglais, Carroll joue sur deux sens du mot *whiting*, qui signifie à la fois « merlan » et « blanc d'Espagne ». Le traducteur a dû transposer tout le passage.

2. Même chose ici. Carroll filait la métaphore du cordonnier en jouant sur l'homophonie entre *eels* (« anguilles ») et *heels* (« talons ») et sur les deux sens du mot *sole*, qui signifie aussi bien « semelle » que « sole ».

*Page 265.*

1. Voir n. 2, p. 257. L'anglais joue sur l'homophonie existant entre *porpoise* (« marsouin ») et *purpose* (« intention »). Le traducteur a transposé.

*Page 267.*

1. C'est la voix du paresseux : il s'agit d'un autre poème d'Isaac Watts, fort connu à l'époque, et qui commence ainsi : « C'est la voix du paresseux ; je l'entends se plaindre : / "*Vous m'avez réveillé trop tôt, je dois encore faire un petit somme.*" »

*Page 271.*

1. Carroll parodie ici un chant intitulé « Étoile du soir », qui commence ainsi : « *Belle étoile qui brilles dans les cieux, / Ta lumière argentée doucement se répand...*, et qui a pour refrain : *Belle étoile, / Belle étoile, / Étoile du soir, belle étoile...* »

*Page 281.*

1. Il s'agit là d'une comptine fort populaire à l'époque, que Carroll n'a pas modifiée.

*Page 287.*

1. Les tintements du thé : le texte anglais dit *the twinkling of the tea* (« le scintillement du thé »). Jacques Papy, à la recherche d'un mot justifiant la réponse du Roi, donc commençant par un « t », a choisi « tintement ».

*Page 307.*

1. Le poème qui suit développe un poème que le jeune Charles Dodgson publia dans *The Comic Times* en 1855.

*Page 311.*

1. Ce n'est pas vous qu'on attaque : le texte anglais — « *You never had fits, my dear? [...] Then the words don't* fit *you* » — joue sur deux sens de *fit* : substantivement, il signifie « crise [de nerfs] », cependant que le verbe signifie « convenir ».

## DU MÊME AUTEUR

*Dans les autres collections Folio*

LES AVENTURES D'ALICE AU PAYS DES MERVEILLES suivi de CE QU'ALICE TROUVA DE L'AUTRE CÔTÉ DU MIROIR (Folio classique nº 2657)

LA CHASSE AU SNARK (Folio nº 5045)

MISCH-MASCH et autres textes de jeunesse (Folio 2 € nº 5462)

*Tous les papiers utilisés pour les ouvrages des collections Folio sont certifiés et proviennent de forêts gérées durablement.*

*Composition Nord Compo*
*Impression Novoprint*
*à Barcelone, le 18 février 2022*
*Dépôt légal : février 2022*
*1^er^ dépôt légal dans la collection : février 2020*

ISBN 978-2-07-287266-2 / Imprimé en Espagne

**446834**